[清] 王闿运 著

朱汉民 主编

王闿运集续编

（四）

岳麓書社·长沙

湖湘文庫
续编

全书总目录

卷五

諧聲

《周官·保氏》“六書”，鄭康成説，曰象形、會意、轉注、處事、假借、諧聲也。鄦叔重之説六書，一曰指事，二曰象形，三曰形聲，四曰會意，五曰轉注，六曰假借。而《漢書·蓺文志》則謂象形、象事、象意、象聲、轉注、假借，此六者造字之本也。是鄭曰諧聲，鄦曰形聲，班氏以爲象聲，三者不同。蓋班氏以象聲一門，實兼象形、指事、會意三種，以爲偏旁，或但言諧聲而不言形，或但言形聲而不及事與意，二者胥失，故更爲象事、象意而曰象聲。其實，形聲、諧聲皆先儒舊説，必有所指，非鄦、鄭有所變易也。今分事、意諸文之譬以聲者，謂之諧聲，其以形譬聲者，屬之形聲，庶鄦、鄭二家之言皆不背古誼云爾。班書之出，雖前乎鄦、鄭，然鄦本史篇，鄭出官禮，古聖遺傳，不可濅也。推班氏之意，欲以象聲賅乎形、事、意三者，故皆名曰象事、象意。然諧聲之師法，起於事、意之所窮，故以聲譬之，非聲可以取象也。又况諧聲之字，必取指事、會意諸文以爲主體，而譬之以聲，使名從主人，聲自外來，一覽可得，非若并體指事三合會意，無主客輕重之殊。至若後起俗字，妄加偏旁。言从口，唁、訠皆加口。疌从止，徙又加止。冒从目，瞐又加目。或从口，國又加冂。眔从目，會意，瞖，又从目諧聲。如此之類，皆始於引申假借，後乃加意區别，遂不覺其複褋。此諧聲之字起於假借之後者也。以喧从口言聲，訁从言口聲證之。知初假言爲喧，後加口旁以别之。始假口爲扣問，《公羊傳》：“吾爲子①口隱矣。”後復加言旁以别之。二字相同，非諧以聲，幾不可辨矣。

大也。从一，不聲。凡聲音之始，與天地俱來，有聲而後有字。古聖人因聲以求事，事不足明，乃求於形，形不足達，乃求之以意。至於會意之繁者，或五六體相合而成，而造字之幾窮於意者，乃不得不求於聲。至於聲，則所推益廣矣，然不外乎形、事、意三者以爲母文。如此“丕”，以一爲義，一象天地萬物之始，故爲大也。而以不爲聲，不爲鳥上飛不下來也。故可説以聲，非可説以義，與“大”義遠也。然一與不，皆指事之文，與艸、木、牛、羊旁偏有實形者不同，故此類皆屬諧聲之列。

諦也。王天下之號也。从丄，朿聲。吴大澂説以爲象㟪蒂形，據鐘鼎駁文所説。古文帝。古文諸丄字皆从一，篆文皆从二。二，古文上字。辛、言、示、辰、龍、童、音、章，皆从古文上。

溥也。从二、闕，方聲。闕謂从冂之説，未聞。案，冂，不成字，蓋指其ナ又，旁達之事。緐自序云：“其於所不知，蓋闕如也。”謂此耳。古文旁。此疑从下，自上達下，旁及ナ又。故古或从丄，或从下也。亦古文旁。所謂篆文从二，古文皆从一者，謂李斯改一爲二，一象天，猶二也。籀文。善旁溥者，莫如雨。會雨之意。故大雨爲滂沱。《詩》曰“俾滂沱矣”，又曰

① 爲子，原作“爲之”，誤，據《公羊傳》改。

“雨雪其雱”，用此。

鄦注此爲上諱，無説解。徐鉉曰：“此漢安帝名也。福也。當从示，古聲。”鄦書言上諱，字凡五，秀、莊、炟、肈與此也。

禮吉也。从示，喜聲。

以真受福也。从示，真聲。

福也。从示，录聲。

履也。从示，虒聲。

祥也。从示，貞聲。

福也。从示，羊聲。

福也。从示，止聲。

祐也。从示，畐聲。

助也。从示，右聲。

吉也。从示，其聲。籀文。从基。

敬也。从示，氐聲。

安福也。从示，是聲。《易》曰：“禔既平。”

天神，引出萬物者也。从示，申聲。

地祇，提出萬物者也。从示，氏聲。

神也。从示，必聲。

戒潔也。从示，齊省聲。籀文齋。从龘省。

祭無巳也。从示，巳聲。祀，或从異。

潔祀也。一曰精意以亯爲禋。从示，垔聲。於真切。籀文。从宀。

燒柴樊燎以祭天神。从示，此聲。《虞書》：“至于岱宗，祡。”古文祡。从隋省。

以事類祭天神。从示，類聲。

祔祪祖也。从示，危聲。

後死者合食於先祖。从示，付聲。

始廟也。从示，且聲。

門内祭先祖，所以徬徨也。从示，彭聲。《詩》曰：“祝祭于祊。”祊，或从方。

告祭也。从示，告聲。

以豚祠司命。从示，比聲。《漢律》曰：“祠祉司命。”

春祭曰祠。品物少，多文詞也。从示，司聲。仲春之月，祠不用犧牲，用圭璧及皮幣。

諦祭也。从示，帝聲。《周禮》曰：“五歲一禘。”

灌祭也。从示，果聲。

數祭也。从示，毳聲。讀若“春麥爲䆅”之“䆅”。徐鉉曰：“春麥爲䆅，今無此語，且非異文，所未詳也。”案，今衡人呼粉之細者爲䆅，與此讀“比芮切”聲近。鄦蓋説聲叚也。

祝褶也。从示，留聲。

除惡祭也。从示，犮聲。

求福也。从示，斤聲。

告事求福也。从示，壽聲。 禱，或省。 籀文禱。

設緜蕝爲營，以禳風雨雪霜水旱癘疫於日月星辰山川也。从示，營省聲。一曰禜，衛使灾不生。《禮記》曰："雩禜，祭水旱。"

磔禳祀，除癘殃也。古者燧人禜子所造。从示，襄聲。

祭天也。从示，單聲。

祀也。从示，御聲。

祀也。从示，昏聲。

祭也。从示，某聲。

祭具也。从示，胥聲。

社肉①，盛以蜃，故謂之祳。天子所以親遺同姓。从示，辰聲。《春秋傳》曰："石尚來歸祳。"

宗廟奏祴樂。从示，戒聲。

師行所止，恐有慢其神，下而祀之，曰禡。从示，馬聲。《周禮》曰："禡於所征之地。"

禱牲馬祭也。从示，周聲。《詩》曰："既禡既禂。" 或从馬，壽省聲。

---

① 肉，原作"内"，據《説文》改。

禓道上祭。从示，昜聲。

祲精氣感祥。从示，侵省聲。《春秋傳》曰："見赤黑之祲。"

禍害也，神不福也。从示，咼聲。

祅地反物爲祅也。从示，芺聲。

禁吉凶之忌也。从示，林聲。

禫除服祭也。从示，覃聲。

氛祥气也。从气，分聲。雰氛，或从雨。

壻夫也。从士，胥聲。《詩》曰："女也不爽，士貳其行。"士者，夫也。讀與細同。婿壻，或从女。女之夫也。

壯大也。从士，爿聲。

壿舞也。从士，尊聲。《詩》曰："壿壿舞我。"

萐萐莆，瑞艸也。堯時生於庖廚，扇暑而涼。从艸，疌聲。

莆萐莆也。从艸，甫聲。

虋赤苗嘉穀也。从艸，釁聲。

荅小尗也。从艸，合聲。

萁豆莖也。从艸，其聲。

藿尗之少也。从艸，靃聲。

莥鹿藿之實名也。从艸，狃聲。

蓈禾粟之采，生而不成者，謂之董蓈。从艸，郎聲。稂蓈，或从禾。

禾粟下生莠。从艸，秀聲。讀若酉。與久切。

枲實也。从艸，肥聲。萉，或从麻賁。

麻母也。从艸，子聲。一曰芓，即枲也。

芓也。从艸，異聲。

桂荏也。从艸，穌聲。

桂荏穌。从艸，任聲。

菜也。从艸，矢聲。

菜之美者，雲夢之䓘。从艸，豈聲。

菜也。从艸，聲。

禦溼之菜也。从艸，畺聲。

辛菜，薔虞也。从艸，翏聲。

菜也。从艸，祖聲。

菜也，似蘇者。从艸，豦聲。

菜也，似藿。从艸，微聲。籒文薇省。

菜也。从艸，唯聲。

菜，類蒿。从艸，近聲。《周禮》有“䓙菹”。

菜也。从艸，釀聲。

莧菜也。从艸，見聲。

大葉實根，駭人，故謂之芌也。从艸，亏聲。徐鍇曰：“芌猶言吁。吁，驚辭，故曰‘駭人’。”

齊謂芎爲莒。从艸，吕聲。

蘧麥也。从艸，遽聲。

大菊，蘧麥。从艸，匊聲。

臭菜也。从艸，軍聲。

蘘荷也。一名蒚葙。从艸，襄聲。即巴且。

韭華也。从艸，青聲。

蘆菔也。一曰薺根。从艸，盧聲。

蘆菔似蕪菁，實如小尗者。从艸，服聲。

蓱也。無根，浮水而生者。从艸，平聲。

艸也。从艸，臣聲。

大蓱也。从艸，賓聲。

染青艸也。从艸，監聲。

令人忘憂艸也。从艸，憲聲。《詩》曰："安得藼艸。"或从煖。或从宣。今《毛詩》作"焉得諼艸"。崔豹説"爲丹棘"。《本艸》無萱，後增入，以爲鹿葱，今金針。

营藭，香艸也。从艸，宫聲。司馬相如説"营或从弓"。

营藭也。从艸，竆聲。

香艸也。从艸，闌聲。

艸出吴林山。从艸，姦聲。

薑屬，可以香口。从艸，俊聲。《既夕禮》有綏澤，注以綏爲廉薑，即此葰也。今三柰。

芄蘭，莞也。从艸，丸聲。《詩》曰："芄蘭之枝。"

楚謂之蘺，晋謂之虈，齊謂之茝。从艸，囂聲。

江蘺，蘪蕪。从艸，離聲。

虈也。从艸，𦣞聲。

蘪蕪也。从艸，麋聲。

香艸也。从艸，熏聲。

水萹茿。从艸、从水，毒聲。讀若督。

萹茿也。从艸，扁聲。

萹茿也。从艸，筑省聲。

芞輿也。从艸，楬聲。

芞輿也。从艸，气聲。

馬苺也。从艸，母聲。

艸也。从艸，各聲。

艸也。从艸，予聲。可以爲繩。

艸也。从艸，盡聲。

艸也。从艸，述聲。

荵冬艸。从艸，忍聲。

萇楚，銚弋。一名羊桃。从艸，長聲。

芺也。从艸，劓聲。

艸也。从艸，里聲。讀若釐。

釐艸也。一曰拜商藋。从艸，翟聲。

菫艸也。从艸，及聲。讀若急。

山苺也。从艸，歬聲。

毒艸也。从艸，婺聲。

卷耳也。从艸，務聲。

人蓡藥艸。出上黨。从艸，浸聲。

鳧葵也。从艸，攣聲。

艸也，可以染留黃。从艸，戾聲。

蚍虾也。从艸，收聲。

蒿也。从艸，毗聲。

艸也。从艸，禹聲。

艸也。从艸，夷聲。

艸也。从艸，辥聲。

大苦，苓也。从艸，古聲。

艸也。从艸，音聲。

薏苢。从艸，啻聲。一曰蓄英。

菅也。从艸，矛聲。

茅也。从艸，官聲。

艸也。从艸，靳聲。江夏有蘄春亭。徐鉉曰："《説文》無'靳'字，他字書亦無。此篇下有'芹'字，注云：'江夏平春亭名。'疑相承誤重出一字。"

艸也，可以作席。从艸，完聲。

莞屬。从艸，閵聲。

黄蒢，職也。从艸，除聲。

水艸也，可以作席。从艸，浦聲。

蒲子，可以爲平席。从艸，弱聲。

蒲蒻之類也。从艸，深聲。

萑也。从艸，推聲。《詩》曰："中谷有蓷。"

艸多皃。从艸，隹聲。

缺盆也。从艸，圭聲。

牛藻也。从艸，君聲。讀若威。

夫蘺也。从艸，睆聲。

夫蘺上也。从艸，鬲聲。

芣苢，一名馬舄。其實如李，令人宜子。从艸，目聲。《周書》所説。羊止切。

芜藩也。从艸，尋聲。蕁，或从爻。

艸也。从艸，𣪊聲。

艸也。从艸，區聲。

艸也。从艸，固聲。

艸也。从艸，榦聲。

藷蔗也。从艸，諸聲。

藷蔗也。从艸，庶聲。

荓蘘。可以作縻綆。从艸，毀聲。

艸也。从艸，賜聲。

艸也。从艸，中聲。

王蒷也。从艸，負聲。

艸也。味苦，江南食以下气。从艸，夭聲。

艸也。从艸，弘聲。

艸也。从艸，圞聲。圞，籒文囿。

艸也。从艸，孚聲。

兔瓜也。从艸，寅聲。

馬帚也。从艸，并聲。

水邊艸也。从艸，猶聲。

艸也。从艸，安聲。

蓁月爾也。从艸，綦聲。

兔葵也。从艸，稀省聲。

灌渝。从艸，夢聲。讀若萌。

盜庚也。从艸，復聲。

卷耳也。从艸，令聲。

艸也。从艸，贛聲。一曰薏苢。占送切。

茅葍也。一名蕣。从艸，夐聲。

葍也。从艸，畐聲。

蓄也。从艸，畐聲。

苗也。从艸，脩聲。

蓨也。从艸，由聲。徒歷切。又他六切。

艸。枝枝相值，葉葉相當。从艸，昜聲。

嬰薁也。从艸，奧聲。

馬藍也。从艸，咸聲。

艸也，可以束。从艸，魯聲。蓾，或从鹵。

艸也。从艸，㪅聲。徐鉉曰：“案《説文》無‘㪅’字，當是‘宧’字之省，而聲不相近，未詳。”

艸也，可以亨魚。从艸，婁聲。

艸也。从艸，畾聲。《詩》曰：“莫莫葛藟。”一曰秬鬯也。

棘蒬也。从艸，冤聲。

茈艸也。从艸，此聲。

茈艸也。从艸，貌聲。

鳥喙也。从艸，則聲。

茅蒐也。从艸，西聲。

赤蕼也。从艸，隸聲。

牡贊也。从艸，辟聲。

杜榮也。从艸，忘聲。

艸也。南陽以爲麤履。从艸，包聲。布交切。

冰臺也。从艸，乂聲。

艸也。从艸，章聲。

楚葵也。从艸，斤聲。

豕首也。从艸，甄聲。

寄生艸也。从艸，鳥聲。《詩》曰：“蔦與女蘿。”蔦，或从木。

艸也，似目宿。从艸，云聲。《淮南子》説，芸艸可以死復生。

艸也。从艸，𣪠聲。

艸也。从艸，律聲。

莿也。从艸，朿聲。

苦蔞，果蓏也。从艸，昏聲。

須從也。从艸，封聲。

蒺藜也。从艸，齊聲。《詩》曰：“牆有薺。”

朿也。从艸，刺聲。

鼎蕫也。从艸，童聲。杜林曰“藕根”。

狗毒也。从艸，繫聲。

艸也。从艸，婈聲。

地黄也。从艸，下聲。《禮》：“鈃毛，牛藿，羊苄，豕薇。”

白蘞也。从艸，僉聲。蘞，或从斂。

黄芩也。从艸，金聲。

艸也。从艸，今聲。《詩》曰：“食野之芩。”

鹿藿也。从艸，麃聲。讀若剽。一曰蔽屬。

綬也。从艸，鶪聲。《詩》曰：“邛有旨鷊。”

芰也。从艸，凌聲。楚謂之芰，秦謂之薢茩。司馬相如説“蔆从遴”。

蔆也。从艸，支聲。奇記切。杜林説“芰从多”。

薢茩也。从艸，解聲。

薢茩也。从艸，后聲。

雞頭也。从艸，欠聲。

日精也。以秋華。从艸，繭省聲。蘜或省。

爵麥也。从艸，侖聲。

牡茅也。从艸，遬聲。遬，籒文速。

茅秀也。从艸，私聲。

蒹萑之未秀者。从艸，兼聲。

薍𦵹也。从艸，亂聲。八月，薍爲葦也。

𦵹萑之初生。一曰薍，一曰騅。从艸，剡聲。菼𦵹，或从炎。

薕蒹也。从艸，廉聲。

薠青薠，似莎者。从艸，煩聲。

茚昌蒲也。从艸，印聲。益州生。

蒘茚蒢也。从艸，邪聲。

苕葦華也。从艸，刀聲。

茢荆也。从艸，列聲。

菡菡藺。从艸。函聲。

藺菡藺。芙蓉華未發爲菡藺，已發爲芙蓉。从艸，閻聲。

蓮芙蕖之實也。从艸，連聲。

茄芙蕖莖。从艸，加聲。

荷芙蕖葉。从艸，何聲。

蔤芙蕖本。从艸，密聲。

蕅芙蕖根。从艸、水，禺聲。

蘢天蘥也。从艸，龍聲。

蓍蒿屬。生千歲，三百莖。《易》以爲數。天子蓍九尺，諸侯七尺，大夫五尺，士三尺。从艸，耆聲。

香蒿也。[从][①] 艸，臤聲。菣，或从堅。

蘿莪，蒿屬。从艸，我聲。

蒿屬。从艸，林聲。

牡蒿也。从艸，尉聲。

艾蒿也。从艸，肅聲。

蕭也。从艸，秋聲。

鳧茈也。从艸，勺聲。

王彗也。从艸，湔聲。

艸也。从艸，爲聲。

艸也。从艸，尢聲。

治牆也。从艸，鞠聲。居六切。

蘠靡，虋冬也。从艸，牆聲。

芪母也。从艸，氏聲。

茈菀。出漢中房陵。从艸，宛聲。

貝母也。从艸，朙省聲。

山薊也。从艸，术聲。

析蓂，大薺也。从艸，冥聲。

荎藸也。从艸，味聲。

---

① 从，原脱，據文義補。

荎藸艸也。从艸，至聲。

荎藸也。从艸，豬聲。

絺綌艸也。从艸，曷聲。

葛屬。从艸，曼聲。

葛屬，白華。从艸，皋聲。

萎余也。从艸，杏聲。莕，或从行，同。

萎余也。从艸，妾聲。

艸也。从艸，罽聲。

魚毒也。从艸，元聲。

大苦也。从艸，霝聲。

蕛苵也。从艸，稊聲。

蕛苵也。从艸，失聲。

艼熒，朐也。从艸，丁聲。

苽蔣也。从艸，將聲。

雕苽也。一名蔣。从艸，瓜聲。

艸也。从艸，育聲。

艸也。从艸，罷聲。

艸也。从艸，難聲。

艸也。从艸，良聲。

艸也。从艸，㚇聲。《詩》曰：“四月秀葽。”劉向說：“此味苦，苦葽也。”

艸也。从艸，過聲。

地蕈也。从艸，困聲。

桑萸。从艸，覃聲。

木耳也。从艸，耎聲。一曰萮茈。

桑實也。从艸，甚聲。

果也。从艸，竘聲。

艸也。一曰芘茮木。从艸，比聲。

木堇，朝華暮落者。从艸，䑞聲。《詩》曰：“顏如蕣華。”

茱萸也。从艸，臾聲。

茱萸，茮屬。从艸，朱聲。

茮莍。从艸，尗聲。

茮、樧實，裹如表者。从艸，求聲。

楚木也。从艸，刑聲。古文荊。

水衣也。从艸，治聲。

萌芽也。从艸，牙聲。

艸芽也。从艸，明聲。

艸初生出地皃。从艸，出聲。《詩》曰：“彼茁者葭。”

枝柱。从艸，巠聲。

莛莖也。从艸，廷聲。

葉艸木之葉也。从艸，枽聲。

蘮艸之小者。从艸，㓹聲。㓹，古文“銳”字，讀若芮。

芣華盛。从艸，不聲。一曰芣苢。

葩華也。从艸，皅聲。

芛艸之皇榮也。从艸，尹聲。

蘳黃華。从艸，黊聲。讀若壞。

蔈苕之黃華也。从艸，㬰聲。一曰末也。

英艸榮而不實者。一曰黃英。从艸，央聲。

薾華盛。从艸，爾聲。《詩》曰：“彼薾惟何。”

萋艸盛。从艸，妻聲。《詩》曰：“菶菶萋萋。”

菶艸盛。从艸，奉聲。

薿茂也。从艸，疑聲。《詩》曰：“黍稷薿薿。”

蕤艸木華垂皃。从艸，甤聲。

葼青、齊、沇[1]、冀謂木細枝曰葼。从艸，㚇聲。

䔟艸萎䔟。从艸，移聲。

蒝艸木形。从艸，原聲。

莢艸實。从艸，夾聲。

① 沇，原作“沈”，據《説文》改。

艸耑。从艸，亡聲。

藍蓼秀。从艸，隨省聲。

瓜當也。从艸，帶聲。

艸根也。从艸，亥聲。

茇也，茅根也。从艸，均聲。

艸根也。从艸，犮聲。春艸根枯，引之而發土爲撥，故謂之茇。一曰艸之白華爲茇。

艸盛也。从艸，凡聲。《詩》曰："芃芃黍苗。"

華葉布。从艸，傅聲。讀若傅。

艸木不生也。一曰茅芽。从艸，執聲。

艸多皃。从艸，狾聲。江夏平春有䔷亭。

艸豐盛。从艸，戊聲。

艸茂也。从艸，暘聲。

艸陰也。从艸，陰聲。

艸皃。从艸，造聲。

艸木多益。从艸，絲省聲。

艸旱盡也。从艸，俶聲。《詩》曰："藃藃山川。"

艸皃。从艸，歊聲。《周禮》曰："轂雖獘不藃。"

艸多皃。从艸，既聲。

艸多皃。从艸，資聲。

艸盛皃。从艸，秦聲。

惡艸皃。从艸，肖聲。

芮芮，艸生皃。从艸，内聲。讀若汭。

艸皃。从艸，在聲。濟北有茌平縣。

艸多皃。从艸，會聲。《詩》曰：“薈兮蔚兮。”

細艸叢生也。从艸，敄聲。

艸覆蔓。从艸，毛聲。《詩》曰：“左右芼之。”

艸色也。从艸，倉聲。

艸皃。从艸，卒聲。讀若瘁。

更别穜。从艸，時聲。

小艸也。从艸，可聲。

薉也。从艸，無聲。

蕪也。从艸，歲聲。

蕪也。从艸，㠩聲。一曰艸淹地也。

艸亂也。从艸，寍聲。杜林説：“艸䔳薴皃。”

䔳薴皃。从艸，争聲。

凡艸曰零，木曰落。从艸，洛聲。

蔽蔽，小艸也。从艸，敝聲。

艸木凡皮葉落陊地爲蘀。从艸，擇聲。《詩》曰：“十月隕蘀。”

積也。从艸，温聲。《春秋傳》曰：“蕰利生孽。”

菸也。从艸，焉聲。

鬱也。从艸，於聲。一曰矮也。

艸旋皃也。从艸，榮聲。《詩》曰：“葛藟縈之。”

艸也。从艸，祭聲。

艸葉多。从艸，伐聲。《春秋傳》曰：“晋糴茷符。”

艸之可食者。从艸，采聲。

艸多葉皃。从艸，而聲。沛城父有楊荋亭。

艸浮水中皃。从艸，乏聲。

林薄也。一曰蠶薄。从艸，溥聲。

所以養禽獸也。从艸，夗聲。

大澤也。从艸，數聲。九州之藪，楊州具區、荆州雲夢、豫州圃田、青州孟諸、沇州大野、雍州弘蒲、幽州奚養、冀州楊紆、并州昭余祁是也。

艸盛皃。从艸，繇聲。《夏書》曰：“厥艸惟蘨。”

除艸也。《明堂月令》曰：“季夏燒薙。”从艸，雉聲。

艸大也。从艸，致聲。

艸相蔪苞也。从艸，斬聲。《書》曰：“艸木蔪苞。”蔪，或从槧。

道多艸，不可行。从艸，弗聲。

馨香也。从艸，必聲。

香艸也。从艸，設聲。

香艸也。从艸，方聲。

雜香艸。从艸，賁聲。

治病艸。从艸，樂聲。

艸木相附麗土而生。从艸，麗聲。《易》曰："百穀艸木麗於土。"

廣多也。从艸，席聲。

薦蓆也。从艸，抒聲。

祭藉也。一曰艸不編，狼藉。从艸，耤聲。

茅藉也。从艸，租聲。《禮》曰："封諸侯以土，租以白茅。"

朝會束茅表位曰蕝。从艸，絶聲。《春秋國語》曰："致茅蕝表坐。"

以茅葦蓋屋。从艸，次聲。

茨也。从艸，咠聲。

苫也。从艸，盍聲。

蓋也。从艸，占聲。

蓋也。从艸，渴聲。

刷也。从艸，屈聲。

屏也。从艸，潘聲。

酢菜也。从艸，沮聲。或从皿。或从缶。

芥脃也。从艸，全聲。

韭鬱也。从艸，酤聲。

瓜菹也。从艸，監聲。

菹也。从艸，泜聲。直宜切。菧，或从皿。皿，器也。

乾梅之屬。从艸，橑聲。《周禮》曰："饋食之籩，其實乾藔。"後漢長沙王始煮艸爲藔。藔，或从潦。

煎茱萸。从艸，顡聲。《漢律》："會稽獻藾一斗。"

羹菜也。从艸，宰聲。

蒲叢也。从艸，專聲。

以艸補缺。从艸，丙聲。讀若稚。或以爲綴，一曰約空也。直例切。

叢艸也。从艸，尊聲。

艸田器。从艸，條省聲。《論語》曰："以杖荷莜。"今作蓧。

雨衣。一曰衰衣。从艸，卑聲。一曰萆藨，似烏韭。

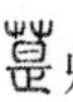艸也。从艸，是聲。

履中艸。从艸，且聲。

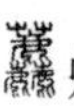艸履也。从艸，麤聲。

覆也。从艸，侵省聲。

車重席。从艸，因聲。司馬相如説“茵从革”。

乾芻。从艸，交聲。一曰牛蘄艸。

亂艸。从艸，步聲。

飤馬也。从艸，如聲。

斬芻。从艸，坐聲。

食牛也。从艸，委聲。

以穀萎馬，置莝中。从艸，敕聲。

蠶薄也。从艸，曲聲。

行蠶蓐。从艸，族聲。

束葦燒。从艸，巨聲。徐鉉曰：“今俗别作炬，非是。”

薪也。从艸，堯聲。

蕘也。从艸，新聲。

折麻中榦也。从艸，烝聲。蒸，或省聲。

生枲也。从艸，焦聲。

瘞也。从艸，貍聲。

喪藉也。从艸，侵聲。

遠荒也。从艸，九聲。

菫菜。从艸，祘聲。

菜也。从艸，介聲。大篆。从茻。鄦於此上總題之曰：“左文五十三，重二。大篆从茻。”因補其篆如此。

菜也。从艸，悤聲。大篆。从茻。

艸也。从艸，隺聲。《詩》曰：“食鬱及藿。”大篆。从茻。

亭歷也。从艸，單聲。大篆。从茻。

艸也。从艸，句聲。大篆苟。

鼈也。从艸，厥聲。大篆蕨。

鎬侯也。从艸，沙聲。大篆莎。

苹也。从艸，洴聲。大篆蓱。

艸也。根如薺，葉如細柳。蒸食之甘。从艸，堇聲。大篆堇。

芴也。从艸，非聲。大篆菲。

菲也。从艸，勿聲。大篆芴。

艸也。从艸，鶪聲。大篆蘜。

亂也。从艸，萑聲。大篆萑。

大葭也。从艸，韋聲。大篆葦。

葦之未秀者。从艸，叚聲。大篆葭。

蔓華也。从艸，來聲。大篆萊。

艸也。似蒲而小，根可作㕞。从艸，劦聲。大篆荔。

王女也。从艸，家聲。大篆蒙。

水艸也。从艸、从水，巢聲。《詩》曰：“于以采藻。”藻，或从澡。大篆。

王芻也。从艸，录聲。《詩》曰：“菉竹猗猗。”大篆菉。

艸也。从艸，䡛聲。大篆䕲。

艸也。从艸，逌聲。大篆蓪。

艸也。从艸，沼聲。大篆菬。

艸也。从艸，吾聲。《楚詞》有“菩蕭艸”。大篆菩。

艸也。从艸，氾聲。大篆范。

艸也。从艸，乃聲。大篆艿。

艸也。从艸，血聲。大篆荁。

艸也。从艸，匋聲。大篆萄。

白苗嘉穀。从艸，己聲。大篆芑。

水寫也。从艸，賣聲。《詩》曰：“言采其藚。”大篆藚。

艸也。从艸，冬聲。大篆苳。

蔷虞蓼。从艸，嗇聲。大篆蔷。

艸也。从艸，召聲。大篆苕。

艸也。从艸，林聲。大篆菻。

艸也。从艸，冒聲。大篆菅。

萈葵也。从艸，丣聲。《詩》曰："言采其茆。"大篆茆。

苦荼也。从艸，余聲。徐鉉曰："此即今之茶字。"大篆荼。

白蒿也。从艸，繁聲。大篆蘩。

菣也。从艸，高聲。大篆蒿。

蒿也。从艸，逢聲。籀文蓬省。此當是古文省。大篆蓬。

艸也。从艸，黎聲。大篆藜。

薺實也。从艸，歸聲。大篆蘬。

艸盛皃。从艸，保聲。大篆葆。

艸茂也。从艸，番聲。大篆蕃。

艸茸茸皃。从艸，聰省聲。大篆茸。

艸皃。从艸，津聲。大篆蕣。

艸叢生皃。从艸，叢聲。大篆叢。

草斗，櫟實也。一曰象斗子。从艸，早聲。徐鉉曰："今俗以此爲艸木之艸，别作皁字爲黑色之皁。"案，櫟實可以染帛爲黑色，故曰草。通用爲草棧字。今俗書皁，或从白从十，或从白从七，皆無意義，無以下筆。大篆草①。

麻蒸也。从艸，取聲。一曰蓐也。大篆菆。

① 草，原作"革"，據文義改。

積也。从艸，畜聲。大篆蓄。

推也。从艸、从日，艸春日生也，屯聲。大篆萅。

艸多皃。从艸，狐聲。江夏平春有菰亭。大篆菰。

艸木倒。从艸，到聲。大篆菿。

陳艸復生也。从艸，辱聲。一曰蔟也。凡蓐之屬皆从蓐。籀文蓐，从茻。

拔去田艸也。从蓐，好省聲。籀文薅省。薅，或从休。《詩》曰：“既茠荼蓼。”此葢小篆。

不多也。从小，丿聲。

少也。从小，乀聲。讀若輟。

詞之舒也。从八、从曰，四聲。

曾也，庶幾也。从八，向聲。

从意也。从八，豕聲。

語之舒也。从八，舍省聲。二余也，讀與余同。此葢籀文余。

解也。从采，采，取其分別物也。从睪聲。

半也。从半，反聲。

半[①]曲毛，可以箸起衣。从犛省，來聲。古文斄省。

急告之甚也。从告，學省聲。

---

① 半，《説文》作“强”。

吼也。从口，敫聲。一曰噭，呼也。

喙也。从口，蜀聲。

口也。从口，彖聲。

口邊也。从口，勿聲。吻，或从肉从昏。

喉也。从口，龍聲。

咽也。从口，侯聲。

咽也。从口，會聲。讀若快。一曰嚵噲也。

咽也。从口，天聲。

嗌也。从口，因聲。

大口也。从口，軍聲。

張口也。从口，多聲。

小兒嗁聲。从口，瓜聲。《詩》曰：“后稷呱呱。”

小兒聲也。从口，秋聲。

小兒聲。从口，皇聲。《詩》曰：“其泣喤喤。”

朝鮮謂兒泣不止曰咺。从口，宣省聲。

秦晉謂兒泣不止曰唴。从口，羌聲。

楚謂兒泣不止曰噭咷。从口，兆聲。

宋、齊謂兒泣不止曰喑。从口，音聲。

小兒有知也。从口，疑聲。《詩》曰：“克岐克嶷。”

小兒笑也。从口，亥聲。户來切。古文咳，从子。

口有所銜也。从口，兼聲。

含味也。从口，且聲。

嘗也。从口，叕聲。一曰喙也。

噍也。从口，集聲。讀若集。

嘗也。从口，齊聲。《周書》曰：“大保受同，祭嚌。”

齧也。从口，焦聲。噍，或从爵。

欶也。从口，允聲。

小歠也。从口，率聲。讀若啐。

小啐也。从口，毚聲。一曰喙也。

啗也，喙也。从口，筮聲。

食也。从口，臽聲。讀與含同。

小食也。从口，幾聲。

噍皃。从口，專聲。

嗛也。从口，今聲。

哺咀也。从口，甫聲。

滋味也。从口，未聲。

食辛嚛也。从口，樂聲。

口滿食。从口，竅聲。

噫飽食息也。从口，意聲。

嘽喘息也。一曰喜也。从口，單聲。《詩》曰："嘽嘽駱馬。"

唾口液也。从口，𡍮聲。涶唾，或从水。

咦南陽謂大呼曰咦。从口，夷聲。

呬東夷謂息爲呬。从口，四聲。《詩》曰："犬夷呬矣。"

喘疾息也。从口，耑聲。

呼外息也。从口，乎聲。

吸内息也。从口，及聲。

嘘吹也。从口，虚聲。

喟大息也。从口，胃聲。嘳喟，或从貴。

啍口气也。从口，𦏧聲。《詩》曰："大車啍啍。"

嚏悟解气也。从口，疐聲。《詩》曰："願言則嚏。"

⿰口質野人之言。从口，質聲。

唫口急也。从口，金聲。

噤口閉也。从口，禁聲。

吾我自稱也。从口，五聲。

哲知也。从口，折聲。悊哲，或从心。嚞古文哲，从三吉。

咨謀事曰咨。从口，次聲。

召評也。从口，刀聲。

問訊也。从口，門聲。

唯諾也。从口，隹聲。

唱導也。从口，昌聲。

和相譍也。从口，禾聲。

咥大笑也。从口，至聲。《詩》曰：“咥其笑矣。”

啞笑也。从口，亞聲。《易》曰：“笑言啞啞。”

噱大笑也。从口，豦聲。

唏笑也。从口，稀省聲。一曰哀痛不泣曰唏。

听笑皃。从口，斤聲。

呭多言也。从口，世聲。《詩》曰：“無然呭呭。”

嘄聲嘄嘄也。从口，梟聲。

咄相謂也。从口，出聲。

唉譍也。从口，矣聲。讀若埃。

哉言之閒也。从口，𢦔聲。

噂聚語也。从口，尊聲。《詩》曰：“噂沓背憎。”

呷吸呷也。从口，甲聲。

嘒小聲也。从口，彗聲。《詩》曰：“嘒彼小星。”嚖或从慧。

嘫語聲也。从口，然聲。

唪大笑也。从口，奉聲。讀若《詩》曰“瓜瓞菶菶”。

盛气也。从口，真聲。《詩》曰：“振旅嗔嗔。”

疾也。从口，㮾聲。《詩》曰：“匪車嘌兮。”

嗁也。从口，虖聲。

音聲喤喤然。从口，昷聲。

吹聲也。从口，肅聲。籒文嘯。从欠。

説也。从口，㠯聲。

喜也。从口，䍃聲。

聲也。从口，貪聲。《詩》曰：“有嗿其饁。”

平也。从口，壬聲。

語時不啻也。从口，帝聲。一曰啻，諟也。讀若鞮。

大言也。从口，庚聲。古文唐。从口昜。

誰也。从口、𠃬，又聲。𠃬，古文疇。

含深也。从口，覃聲。

飯窒也。从口，壹聲。

咽也。从口，昷聲。

不歐而吐也。从口，見聲。

寫也。从口，土聲。

气啎也。从口，歲聲。

違也。从口，弗聲。《周書》曰：“咈其耇長。”

語末定皃。从口，憂聲。

言蹇難也。从口，气聲。

嗜欲喜之也。从口，耆聲。

噍啖也。从口，炎聲。一曰噉。

語爲舌所介也。从口，更聲。讀若井級綆。

誇語也。从口，翏聲。

啁嘐也。从口，周聲。

諂聲也。从口，圭聲。讀若醫。

讘吺，多言也。从口，投省聲。

苛也。从口，氏聲。

苛也。从口，此聲。

遮也。从口，庶聲。

妄語也。从口，夾聲。讀若莢。

多言也。从口，盍聲。讀若甲。

謌聲，嗙喻也。从口，旁聲。司馬相如說："淮南、宋、蔡謌舞嗙喻也。"

高气多言也。从口，蠆省聲。《春秋傳》曰："噧言。"

高气也。从口，九聲。臨淮有叴猶縣。

嘮呶，讙也。从口，勞聲。

讙聲也。从口，奴聲。《詩》曰："載號載呶。"

訶也。从口，七聲。

吒也。从口，賁聲。一曰鼓鼻。普魂切。

噴也，叱怒也。从口，乇聲。

危也。从口，喬聲。

驚也。从口，卒聲。

驚也。从口，辰聲。

驚也。从口，于聲。况于切。

懼也。从口，堯聲。《詩》曰：“唯予音之嘵嘵。”

大呼也。从口，責聲。 嘖，或从言。

眾口愁也。从口，敫聲。《詩》曰：“哀鳴嗷嗷。”

吚也。从口，念聲。《詩》曰：“民之方唸。”

唸吚，呻也。从口，尸聲。

呻也。从口，嚴聲。

吟也。从口，申聲。

呻也。从口，今聲。 吟，或从音。 或从言。

嗟也。从口，兹聲。

哤異之言。从口，尨聲。一曰雜語。讀若尨。

嘑也。从口，丩聲。

嘆也。从口，既聲。《詩》曰：“嘅其嘆矣。”

語唌嘆也。从口，延聲。

吞歎也。从口，歎省聲。一曰太息也。

潵也。从口，曷聲。

不容也。从口，肖聲。

動也。从口，化聲。《詩》曰：“尚寐無吪。”

嗛也。从口，晉聲。

恨惜也。从口，文聲。《易》曰：“以往吝。”徐鉉曰：“俗作悋，非。”古文吝。从彣。

弔生也。从口，言聲。《詩》曰：“歸言衛侯。”

閔也。从口，衣聲。

號也。从口，虒聲。

歐皃。从口，㱿聲。《春秋傳》曰：“君將嗀之。”

口戾不正也。从口，冎聲。

嘆也。从口，叔聲。

啾嘆也。从口，莫聲。

塞口也。从口，𠯑省聲。𠯑音厥。古活切。古文。从甘。

使犬聲。从口，族聲。《春秋傳》曰：“公嗾夫獒。”

嘷也。从口，包聲。

咆也。从口，皋聲。譚長說“嘷从犬”。

喈鳥鳴聲。从口，皆聲。一曰鳳皇鳴聲喈喈。

哮豕驚聲也。从口，孝聲。

喔雞聲也。从口，屋聲。

呝喔也。从口，戹聲。烏格切。《廣韵》云：“呝喔，鳥聲。”

咮鳥口。从口，朱聲。

嚶鳥鳴也。从口，嬰聲。

啄鳥食也。从口，豖聲。

呦鹿鳴聲。从口，幼聲。 呦，或从欠。

噳麋鹿羣口相聚皃。从口，虞聲。《詩》曰：“麀鹿噳噳。”

喁魚口上見。从口，禺聲。

嚴教命急也。从吅，厰聲。 古文。

咢譁訟也。从吅，屰聲。

喌呼雞重言之。从吅，州聲。讀若祝。

哭哀聲也。从吅，獄省聲。凡哭之屬皆从哭。

趨走也。从走，芻聲。

赴趨也。从走，仆省聲。徐鉉曰：“《春秋傳》赴告用此字，今俗作訃，非。”

趣疾也。从走，取聲。

超跳也。从走，召聲。

趫善緣木走之才。从走，喬聲。讀若王子蹻。

輕勁有才力也。从走，丩聲。讀若鐈。

緣大木也。一曰行皃。从走，支聲。

疾也。从走，喿聲。徐鉉曰：“今俗别作躁，非是。”

踊也。从走，翟聲。

蹠也。从走，厥聲。

度也。从走，戉聲。

趬也。从走，㐱聲。讀若塵。

趁也。从走，亶聲。

趞趞也。一曰行皃。从走，昔聲。

行輕皃。一曰趬舉足也。从走，堯聲。

急走也。从走，弦聲。

蒼卒也。从走，朿聲。讀若資。

輕行也。从走，票聲。

行皃。从走，臤聲。讀若菣。

行皃。从走，酋聲。

行皃。从走，蜀聲。读若燭。

行皃。从走，匠聲。读若匠。

走皃。从走，叡聲。读若紃。徐鉉曰：“以爲叡聲，遠疑从睿。”

走意。从走，薊聲。讀若髽結之結。

走意。从走，困聲。

走意。从走，坐聲。

走意。从走，憲聲。

走意。从走，㚔聲。

走也。从走，𢧵聲。讀若《詩》“威儀秩秩”。

走也。从走，有聲。讀若又。

走輕也。从走，烏聲。讀若鄔。

走顧皃。从走，瞿聲。讀若劬。

走皃。从走，蹇省聲。

疑之，等趄而去也。从走，才聲。

淺渡也。从走，此聲。

獨行也。从走，匀聲。讀若煢。

安行也。从走，與聲。

能立也。从走，巳聲。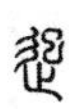古文起，从辵。

留意也。从走，里聲。讀若小兒孩。

行也。从走，臭聲。

低頭疾行也。从走，金聲。

趌趨，怒走也。从走，吉聲。

趌趨也。从走，曷聲。

疾也。从走，瞏聲。讀若讙。

直行也。从走，气聲。

趨進䟣如也。从走，翼聲。

踶也。从走，決省聲。

行聲也。一曰不行皃。从走，異聲。讀若敕。

趨也。从走，氐聲。

趍趙。从走，多聲。

趍趙也。从走，肖聲。

行難也。从走，斤聲。讀若堇。

走意也。从走，夐聲。讀若繘。

遠也。从走，卓聲。

趠趮也。从走，龠聲。

大步也。从走，矍聲。

超特也。从走，契聲。

走也。从走，幾聲。

走也。从走，弟聲。

狂走也。从走，矞聲。

行遲也。从走，曼聲。

走也。从走，出聲。讀若無尾之屈。

窮也。从走，匊聲。

趑趄，行不進也。从走，次聲。

趑趄也。从走，且聲。

蹇行𧻓𧻓也。从走，虔聲。讀若愆。

行𧾨趢也。一曰行曲脊皃。从走，雚聲。

𧾨趢也。从走，录聲。

行趚䞭也。从走，夋聲。

側行也。从走，朿聲。《詩》曰："謂地蓋厚，不敢不趚。"

半步也。从走，圭聲。讀與跬同。

䞶𧽓，輕薄也。从走，虒聲。讀若池。

僵也。从走，音聲。讀若匐。

距也。从走，厈省聲。《漢令》曰："𧺼張百人。"

動也。从走，樂聲。讀若《春秋傳》曰"輔𨅝"。

動也。从走，隹聲。《春秋傳》曰："盟于趡。"趡，地名。

𧺢田，易居也。从走，亘聲。

走頓也。从走，真聲。讀若顛。

喪辟踊。从走，甬聲。

止行也。一曰竈上祭名。从走，畢聲。

進也。从走，斬聲。

趧婁，四夷之舞，各自有曲。从走，是聲。都分切。

雀行也。从走，兆聲。

舉尾走也。从走，干聲。

跟也。从止，重聲。

歫也。从止，尚聲。

躇也。从止，寺聲。

止也。从止，巨聲。一曰搶也。一曰超歫。

過也。从止，厤聲。

至也。从止，叔聲。

人不能行也。从止，辟聲。

女嫁也。从止，从婦省，自聲。 籒文省。

疾也。从止，从又。又，手也。屮聲。此古便捷字，後乃加手旁。

機下足所履者。从止、从又，入聲。即躡也。尼輒切。

木星也。越歷二十八宿，宣徧陰陽，十二月一次。从步，戌聲。律曆書名五星爲五步。《漢書·律曆志》云五步，故據之以説从步之意。

識也。从此，朿聲。一曰藏也。

是也。从是，韋聲。《春秋傳》曰：“犯五不韙。” 籒文韙，从心。

步處也。从辵，亦聲。或从足責。籒文迹。从朿。

無違也。从辵，犕聲。讀若害。

先道也。从辵，率聲。

遠行也。从辵，蠆省聲。邁，或不省。

視行皃。从辵，川聲。

恭謹行也。从辵，既聲。讀若九。

步行也。从辵，土聲。

行邎徑也。从辵，䌛聲。

正行也。从辵，正聲。延，或从彳。

从也。从辵，壻省聲。

行皃。从辵，市聲。

往也。从辵，王聲。《春秋傳》曰："子無我迋。"

往也。从辵，折聲。讀若誓。

往也。从辵，且聲。退，齊語。退，或从彳。籒文。从虘。

循也。从辵，术聲。籒文。从秫。

循也。从辵，尊聲。

之也。从辵，啻聲。宋、魯語。

度也。从辵，咼聲。

習也。从辵，貫聲。

媟遺也。从辵，賣聲。

登也。从辵，闇省聲。

就也。从辵，告聲。譚長説：“造，上士也。”古文造。从舟。

逃進也。从辵，俞聲。《周書》曰：“無敢昬逾。”

迨也。从辵，眔聲。徒合切。

遝也。从辵，合聲。

迮迮起也。从辵，作省聲。

迹遣也。从辵，昔聲。

往來數也。从辵，耑聲。《易》曰：“目事遄往。”

疾也。从辵，束聲。籒文。从敕。古文。从敕，从言。

疾也。从辵，卂聲。

疾也。从辵，昏聲。讀與括同。

迎也。从辵，屰聲。關東曰逆，關西曰迎。

逢也。从辵，卬聲。

會也。从辵，交聲。

逢也。从辵，禺聲。

遇也。从辵，䨏聲。一曰遝行。

遇也。从辵，冓聲。

遇也。从辵，夆省聲。

道也。从辵，由聲。

更易也。从辵，虒聲。

達也。从辵，甬聲。

迻也。从辵，止聲。徙，或从彳。古文徙。

遷徙也。从辵，多聲。

登也。从辵，䙴聲。古文遷，从手西。

迻徙也。从辵，軍聲。

遷也。一曰逃也。从辵，盾聲。徒困切。

遁也。从辵，孫聲。

復也。从辵，睘聲。

縱也。从辵，𦣻聲。

行邐邐也。从辵，麗聲。

唐逮，及也。从辵，隶聲。徐鉉曰："或作迨。"

徐行也。从辵，犀聲。《詩》曰："行道遲遲。"遲，或从𡰥。籀文遲，从屖。《五經文字》曰"从籀文"，謂隸變也。

徐也。从辵，黎聲。

去也。从辵，帶聲。

行皃。从辵，㒸聲。

馬不行也。从辵，䮷聲。讀若住。

止也。从辵，豆聲。

曲行也。从辵，只聲。

逶迆，衺去之皃。从辵，委聲。於爲切。或从虫爲。

衺行也。从辵，也聲。《夏書》曰：“東迆北，會于匯。”

回避也。从辵，矞聲。

回也。从辵，辟聲。

離也。从辵，韋聲。

行難也。从辵，粦聲。《易》曰：“以往遴。”或从人。

復也。从辵，夋聲。

怒不進也。从辵，氐聲。

行不相遇也。从辵，羍聲。《詩》曰：“挑兮達兮。”達，或从大。或曰迭。

行謹逯逯也。从辵，录聲。

迵迭也。从辵，同聲。

更迭也。从辵，失聲。一曰达。

惑也。从辵，米聲。

斂聚也。从辵，求聲。《虞書》曰：“旁逑孱功。”又曰：“怨匹曰逑。”

數也。从辵，貝聲。《周書》曰：“我興受其退。”薄邁切。

逃也。从辵，官聲。逭，或从雚，从兆。

亡也。从辵，甫聲。籀文逋，从捕。

亡也。从辵，貴聲。

亡也。从辵，㒸聲。古文遂。

亡也。从辵，兆聲。

逐也。从辵，𠂤聲。

迫也。从辵，酉聲。廼，或从酋。

附也。从辵，斤聲。古文近。

擠也。从辵，巤聲。

近也。从辵，白聲。

近也。从辵，臸聲。

近也。从辵，爾聲。古文邇。

微止也。从辵，曷聲。讀若桑蟲之蝎。

遏也。从辵，庶聲。

遮遂也。从辵，羨聲。

迾也。晉、趙曰迣。从辵，世聲。讀若寘。

遮也。从辵，列聲。

進也。从辵，干聲。讀若干。

過也。从辵，侃聲。

連遱也。从辵，婁聲。

前頓也。从辵，市聲。賈侍中說：“一讀若枱，又若郅。”北末切。

迦互，令不得行也。从辵，枷聲。徐鍇曰：“迦互，猶犬牙左右相制也。”

踰也。从辵，戉聲。《易》曰：“雜而不越。”

通也。从辵，呈聲。楚謂疾行爲逞。《春秋傳》曰：“何所不逞欲？”

遠也。从辵，尞聲。

遼也。从辵，袁聲。 古文遠。

遠也。从辵，狄聲。 古文逖。

遠也。从辵，同聲。

遠也。从辵，卓聲。一曰蹇也。讀若棹苕之棹。徐鉉曰：“案，棹苕，今無此語，未詳。”

避也。从辵，于聲。

自進極也。从辵，𦘒聲。

傳也。一曰窘也。从辵，豦聲。

獸迹也。从辵，亢聲。 迒，或从足，从更。

至也。从辵，弔聲。

行垂崖也。从辵，䍃聲。

升也。从彳，悳聲。

步道也。从彳，巠聲。徐鍇曰："道不容車，故曰步道。"

往來也。从彳，复聲。

徑行也。从彳，呈聲。

之也。从彳，㞷聲。古文。从辵。

行皃。从彳，瞿聲。

往，有所加也。从彳，皮聲。

循也。从彳，敫聲。

行順也。从彳，盾聲。

急行也。从彳，及聲。

行皃。从彳，𦒉聲。一曰此與馺同。

隱行也。从彳，溦聲。《春秋傳》曰："白公其徒微之。"

徥徥，行皃。从彳，是聲。《爾雅》曰："徥，則也。"

安行也。从彳，余聲。

行平易也。从彳，夷聲。

使也。从彳，甹聲。

使也。从彳，夆聲。讀若螽。

迹也。从彳，戔聲。

附行也。从彳，旁聲。

待也。从彳，奚聲。徯，或从足。

竢也。从彳，寺聲。

行徜徜也。从彳，由聲。徐讀徒歷切，與《詩·小弁》“踧踧”同。《玉篇》云除又切，與“宙”同。

帀也。从彳，扁聲。

至也。从彳，叚聲。

久也。从彳，犀聲。讀若遲。

不聽从也。一曰行難也，一曰盭也。从彳，皀聲。

相迹也。从彳，重聲。

行有所得也。从彳，㝵聲。古文。省彳。

舉脛有渡也。从彳，奇聲。

行示也。从彳，匀聲。《司馬法》：“斬以彴。”

均布也。从彳，聿聲。

朝中也。从廴，壬聲。

行也。从廴，正聲。

長行也。从㢟，丿聲。

邑中道也。从行，术聲。

四通道也。从行，圭聲。

四達謂之衢。从行，瞿聲。

通道也。从行，童聲。《春秋傳》曰：“及衝，以戈擊之。”

通街也。从行，同聲。

迹也。从行，戔聲。

行皃。从行，吾聲。

行喜皃。从行，午聲。

將衛也。从行，率聲。

齒本也。从齒，斤聲。

齒相值也。一曰齧也。从齒，責聲。《春秋傳》曰：“晢齰。”

齒相齗也。一曰開口見齒之皃。从齒，柴省聲。讀若柴。

齒相切也。从齒，介聲。

口張齒見。从齒，只聲。

齒差也。从齒，兼聲。

齒搚也。一曰齰也。一曰馬口中糜也。从齒，芻聲。

齒不正也。从齒，禺聲。

齬齒也。从齒，虘聲。

齵也。从齒，取聲。

齒參差。从齒，差聲。

齒差跌皃。从齒，佐聲。《春秋傳》曰：“鄭有子齹。”徐鉉曰：“《說文》無佐字，此字當从䖨，傳寫之誤。”

缺齒也。一曰曲齒。从齒，𢍏聲。讀若權。曲邪也。

無齒也。从齒，軍聲。

缺齒也。从齒，獻聲。

齗腫也。从齒，巨聲。

老人齒。从齒，兒聲。

齧也。从齒，奇聲。

齰齒也。从齒，出聲。

齧也。从齒，昔聲。齰，或从乍。

齧也。从齒，咸聲。

齧也。从齒，㒸聲。

齒見皃。从齒，干聲。

齰齰也。从齒，卒聲。

齒分骨聲。从齒，列聲。讀若剌。

齧骨也。从齒，交聲。

齒差也。从齒，屑聲。讀若切。

齒堅聲。从齒，吉聲。

齵牙也。从齒，豈聲。

吐而噍也。从齒，台聲。《爾雅》曰："牛曰齝。"

齧也。从齒，气聲。

齒見皃。从齒，聯聲。

噬也。从齒，㓞聲。

齒傷酢也。从齒，所聲。讀若楚。

齒不相值也。从齒，吾聲。

羊粻也。从齒，世聲。

鹿麋粻。从齒，益聲。

齒堅也。从齒，至聲。

噍聲。从齒，昏聲。

噍堅也。从齒，博省聲。

齒蠹也。从牙，禹聲。瑀，或从齒。

足也。从足，虒聲。

足踵也。从足，皀聲。跟，或从止。

足踝也。从足，果聲。

足下也。从足，石聲。

一足也。从足，奇聲。

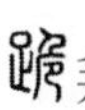拜也。从足，危聲。

長跪也。从足，忌聲。

行平易也。从足，叔聲。《詩》曰："踧踧周道。"

行皃。从足，瞿聲。

長脛行也。从足，昔聲。一曰踧踖。

踽疏行皃。从足，禹聲。《詩》曰：“獨行踽踽。”

蹡行皃。从足，將聲。《詩》曰：“管磬蹡蹡。”

躖踐處也。从足，斷省聲。

𧿒趣越皃。从足，卜聲。

踰越也。从足，俞聲。

䟦輕也。从足，戉聲。

蹻舉足行高也。从足，喬聲。《詩》曰：“小子蹻蹻。”

跾疾也，長也。从足，攸聲。

蹌動也。从足，倉聲。

踊跳也。从足，甬聲。

躋登也。从足，齊聲。《商書》曰：“予顛躋。”

躍迅也。从足，翟聲。

跧蹴也。一曰卑也，絭也。从足，全聲。

蹴躡也。从足，就聲。

躡蹈也。从足，聶聲。

跨渡也。从足，夸聲。

蹋踐也。从足，𦐧聲。

踄蹈也。从足，步聲。旁各切。又音步。

蹈踐也。从足，舀聲。

踐也。从足，廛聲。

履也。从足，戔聲。

追也。从足，重聲。一曰往來皃。

踶也。从足，卓聲。

踶也。从足，帶聲。

踶也。从足，敝聲。一曰跛也。

躗也。从足，是聲。

衛也。从足，衛聲。

䞇足也。从足，執聲。

𧺆也。从足，氏聲。

住足也。从足，適省聲。或曰蹢躅。賈侍中說：“足垢也。”

蹢躅也。从足，蜀聲。

觸也。从足，卒聲。一曰駭也。一曰蒼踤。

僵也。从足，厥聲。一曰跳也。亦讀若橜。蹶，或从闕。

蹶也。从足，兆聲。一曰躍也。

動也。从足，辰聲。

峙躇不前也。从足，屠聲。

跳也。从足，弗聲。

楚人謂跳躍曰蹠。从足，庶聲。

趿也。从足，荅聲。

跳也。从足，䍃聲。

進足有所擷取也。从足，及聲。《爾雅》曰：“趿謂之擷。”

步行獵跋也。从足，貝聲。

跲也。从足，質聲。《詩》曰：“載躓其尾。”

躓也。从足，合聲。

述也。从足，世聲。

跋也。从足，真聲。

蹎跋也。从足，犮聲。

小步也。从足，脊聲。《詩》曰：“不敢不蹐。”

蹋也。从足，失聲。一曰越也。

跌也。从足，昜聲。一曰搶也。

踞也。从足，尊聲。

蹲也。从足，居聲。

踞也。从足，夸聲。

足躩如也。从足，矍聲。

僵也。从足，音聲。《春秋傳》曰：“晋人踣之。”

行不正也。从足，皮聲。一曰足排之。讀若彼。

跛也。从足，寒省聲。徐鉉曰：“案，《易》‘王臣蹇’，蹇，今俗作謇，非。”

足不正也。从足，扁聲。一曰拖後足馬。讀若苹，或曰徧。

脛肉也。一曰曲脛也。从足，𢍏聲。讀若逵。

足跌也。从足，委聲。

足親地也。从足，先聲。

天寒足跔也。从足，句聲。

瘃足也。从足，困聲。

雞距也。从足，巨聲。

舞履也。从足，麗聲。或从革。

足所履也。从足，叚聲。

跀也。从足，非聲。讀若匪。

斷足也。从足，月聲。跀，或从兀。

曲脛也。从足，方聲。讀與彭同。

馬行皃。从足，決省聲。

獸足，企也。从足，幵聲。

轢也。从足，粦聲。

足多，指也。从足，支聲。

籥音。律管壎之樂也。从龠，炊聲。

管樂也。从龠，虒聲。䶵，或从竹。

調也。从龠，禾聲。讀與和同。

樂和，龤也。从龠，皆聲。《虞書》曰：“八音克龤。”

諸侯嗣國也。从册从口，司聲。徐鍇曰：“册必於廟，史讀其册，故从口謙。”案，册有實形。从口。讀册，足會意也。故屬諧聲。古文嗣，从子。

語聲也。从㗊，臣聲。古文嚚。

高聲也。一曰大呼也，从㗊，丩聲。《春秋公羊傳》曰：“魯昭公叫然而哭。”

呼也。从㗊，莧聲。讀若讙。

歠也。从舌，沓聲。

以舌取食也。从舌，易聲。䑙，或从也。

聲也。从只，甹聲。讀若馨。

从外知内也。从冏，章省聲。古文商。亦古文商。籒文商，从朙。

曲也。从口，丩聲。凡句之屬皆从句。

大遠也。从古，叚聲。

材十人也。从十，力聲。

詞之卙矣。从十，咠聲。

直言曰言，論難曰語。从口，辛聲。凡言之屬皆从言。

聲也。从言，賏聲。

欬也。从言，殸聲。殸，籒文“磬”字。

語論也。从言，吾聲。

談語也。从言，炎聲。

謂報也。从言，胃聲。

諒信也。从言，京聲。

請謁也。从言，青聲。

謁白也。从言，曷聲。

許聽也。从言，午聲。

諾譍也。从言，若聲。

譍以言對也。从言，雁聲。

讎猶譍也。从言，雔聲。

諸辯也。从言，者聲。

詩志也。从言，寺聲。訨古文詩省。

讖驗也。从言，韱聲。

諷誦也。从言，風聲。

誦諷也。从言，甬聲。

讀誦書也。从言，賣聲。

訓説教也。从言，川聲。

誨曉教也。从言，每聲。

譔專教也。从言，巽聲。

諭也。从言，辟聲。

徐語也。从言，原聲。《孟子》曰："故謜謜而來。"

早知也。从言，央聲。

告也。从言，俞聲。

辯論也。古文以爲頗字。从言，皮聲。

告曉之孰也。从言，䇂聲。讀若庉。

語諄謘也。从言，屖聲。

論訟也。《傳》曰："詻詻孔子容。"从言，各聲。

和説而静也。从言，門聲。

慮難曰謀。从言，某聲。 古文謀。 亦古文。

議謀也。从言，莫聲。《虞書》曰："咎繇謨。" 古文謨。从口。

汎謀曰訪。从言，方聲。

聚謀也。从言，取聲。

議也。从言，侖聲。

語也。从言，義聲。

平議也。从言，丁聲。

審議也。从言，羊聲。

理也。从言，是聲。

審也。从言，帝聲。

識常也。一曰知也。从言，戠聲。

訊問也。从言，卂聲。古文訊。从西。

詧言微親詧也。从言，察省聲。

謹慎也。从言，堇聲。

訒厚也。从言，乃聲。

諶誠諦也。从言，甚聲。《詩》曰："天難諶斯。"

訦燕、代、東齊謂信曰訦。从言，冘聲。

誠信也。从言，成聲。

誡敕也。从言，戒聲。

誋誡也。从言，忌聲。

諱誋也。从言，韋聲。

誥告也。从言，告聲。古文誥。

誓約束也。从①言，折聲。

譣問也。从言，僉聲。《周書》曰："勿以譣人。"

詁訓故言也。从言，古聲。《詩》曰："詁訓"。

譪臣盡力之美。从言，葛聲。《詩》曰："譪譪王多吉士。"

誎餔旋促也。从言，束聲。

諝知也。从言，胥聲。

---

① 从，原闕，據《説文》補。

諫也。从言，正聲。

証也。从言，柬聲。

深諫也。从言，念聲。《春秋傳》曰：“辛伯諗周桓公。”

試也。从言，果聲。

用也。从言，式聲。《虞書》曰：“明試以功。”

和也。从言，咸聲。《周書》曰：“丕能諴于小民。”

徒歌。从言，肉聲。各本脱“聲”字，段玉裁據缶部“䍃，从缶，肉聲”補之，是也。俗作謡。

具也。从言，全聲。

喜也。从言，斤聲。

説釋也。从言，兑聲。一曰談説。

詥也。从言，皆聲。

諧也。从言，合聲。

和也。从言，周聲。

合會善言也。从言，昏聲。《傳》曰：“告之話言。”籀文語。从會。

誣諉累也。从言，垂聲。

累也。从言，委聲。

静語也。从言，𥁕聲。一曰無聲也。

敬也。从言，兼聲。

大言也。从言，羽聲。

善言也。从言，戔聲。一曰謔也。

嘉言也。从言，我聲。《詩》曰：“誐以溢我。”

共也。一曰譀也。从言，同聲。《周書》曰：“在夏后之詷。”

救視也。从言，蒦聲。

譞慧也。从言，圜省聲。

大也。一曰人相助也。从言，甫聲。讀若逋。

寄也。从言，乇聲。

疏也。从言，己聲。

稱也。从言，與聲。

敷也。从言，番聲。《商書》曰：“王譒告之。”

辤去也。从言，䠶聲。

齊歌也。从言，區聲。

歌也。从言，永聲。詠，或从口。

止也。从言，争聲。

召也。从言，乎聲。

評謼也。从言，虖聲。

止也。从言，气聲。

傳言也。从言，彦聲。

相迎也。从言，牙聲。《周禮》曰：“諸侯有卿訝。”訝，或从辵。

候至也。从言，旨聲。

和解也。从言，冓聲。

迻書也。从言，朕聲。

頓也。从言，刃聲。《論語》曰：“其言也訒。”

謯娽也。从言，虘聲。

待也。从言，伿聲。讀若餥。

痛嘑也。从言，敫聲。

恚嘑也。从言，堯聲。

小聲也。从言，熒省聲。《詩》曰：“謍謍青蠅。”

大聲也。从言，昔聲。讀若笮。諎，或从口。

諂也。从言，臾聲。

諛也。从言，閻聲。讇，或省。

詐也。从言，爰聲。

不肖人也。从言，敖聲。一曰哭不止，悲聲謷謷。

誘也。从言，术聲。

沇州，謂欺曰訑。从言，它聲。

欺也。从言，曼聲。

䜐拏羞窮也。从言，奢聲。

慙語也。从言，作聲。

執譶也。从言，執聲。

謰謱也。从言，連聲。

謰謱也。从言，婁聲。

相欺詒也。一曰遺也。从言，台聲。

相怒使也。从言，参聲。

欺也。从言，狂聲。

騃也。从言，疑聲。

相誤也。从言，畀聲。諜誤，即詿誤。

謗也。从言，山聲。

誹也。从言，幾聲。

加也。从言，巫聲。

謗也。从言，非聲。

毀也。从言，旁聲。

詶也。从言，壽聲。讀若醻。《周書》曰："無或譸，張爲幻。"

譸也。从言，州聲。

詶也。从言，且聲。

詶也。从言，由聲。

離别也。从言，多聲。讀若《論語》"跢予之足"。周景王作洛陽誃臺。

亂也。从言，孛聲。誖，或从心。籒文誖。从二或。

謬也。从言，吳聲。

誤也。从言，圭聲。一本有“或从言佳省聲”六字。

可惡之辭。从言，矣聲。一曰誒然。《春秋傳》曰：“誒誒出出。”

痛也。从言，喜聲。

膽氣滿，聲在人上。从言，自聲。讀若反目相睞。

謧詍，多言也。从言，离聲。

多言也。从言，世聲。《詩》曰：“無然詍詍。”

不思稱意也。从言，此聲。《詩》曰：“翕翕訿訿。”

往來言也。一曰小兒未能正言也。一曰祝也。从言，匋聲。詾，或从包。

諵諵，多語也。从言，冄聲。樂浪有諵邯縣。

語相反及[1]也。从言，遝聲。

譅諸也。从言，沓聲。

諍語訮訮也。从言，开聲。

言壯皃。一曰數相怒也。从言，巂聲。讀若畫。呼麥切。

駭言聲。从言，勻省聲。漢中西域有訇鄉。又讀若玄。

---

① 及，《説文》作“遝”。

籀文。不省。

便巧言也。从言，扁聲。《周書》曰："戔戔善諞言。"《論語》曰："友諞佞。"

匹也。从言，頻聲。

言相説司也。从言，兒聲。

相呼誘也。从言，兆聲。

加也。从言，曾聲。

忘也。从言，失聲。

忌也。从言，其聲。《周書》曰："爾尚不諅于凶德。"

誕也。从言，敢聲。俗譀。从忘。

譀也。从言，夸聲。

詞誕也。从言，延聲。籀文誕。省正。

譀也。从言，萬聲。

戲也。从言，虐聲。《詩》曰："善戲謔兮。"

很戾也。从言，艮聲。

讃也。从言，工聲。《詩》曰："蟊賊内訌。"

中正也。从言，貴聲。《司馬法》曰："師多則人讃。"讃，止也。

聲也。从言，歲聲。《詩》曰："有譓其聲。"

疾言也。从言，咼聲。

譟也。从言，雔聲。

擾也。从言，喿聲。

大呼也。从言，丩聲。《春秋傳》曰：“或訆于宋太廟。”

譁也。从言，雚聲。

讙也。从言，華聲。

妄言也。从言，雩聲。 譁，或从夸。

譌言也。从言，爲聲。《詩》曰：“民之譌言。”

狂者之妄言也。从言，翏聲。

夢言也。从言，巟聲。

大呼自勉也。从言，暴省聲。

訬擾也。一曰訬獪。从言，少聲。讀若毚。

欺也。从言，其聲。

權詐也。益、梁曰，謬欺天下曰譎。从言，矞聲。古穴切。

欺也。从言，乍聲。

詭譌也。从言，于聲。一曰訏，謷。齊、楚謂信曰訏。

咨也。一曰痛惜也。从言，差聲。

失气言。一曰不止也。从言，龖省聲。傅毅讀若慴。 籀文讋。不省。

言謵讋也。从言，習聲。

相毀也。从言，亞聲。一曰畏亞。

相毀也。从言，隨省聲。

嗑也。从言，闟聲。

説也。从言，匈聲。或省。詾，或从兇。

争也。从言，公聲。一曰謌訟。古文訟。

恚也。从言，真聲。賈侍中説謓笑。一曰讀若振。

多言也。从言，聶聲。河東有狐讘縣。

大言而怒也。从言，可聲。

訐也。从言，臣聲。讀若指。

面相厈罪，相告訐也。从言，干聲。

告也。从言，厈聲。《論語》曰：“訴子路於季孫。”舊本云厈省聲。案，此本不省。徐鉉曰：“厈非聲。蓋古之字音多與今異，如皀亦音香，釁亦音門，乃亦音仍，他皆放此。古今失傳，不可詳究。”訴，或从言朔。訴，或从朔心。

愬也。从言，朁聲。

譖也。从言，毚聲。

謫問也。从言，遣聲。

罰也。从言，啻聲。

數也。一曰相讓也。从言，耑聲。讀若專。

相責讓。从言，襄聲。

嬈譊也。从言，焦聲。讀若嚼。古文譙。从肖。《周書》曰："王亦未敢誚公。"

數諫也。从言，朿聲。

讓也。从言，卒聲。《國語》曰："誶申胥。"

問也。从言，吉聲。

責望也。从言，望聲。

責也。从言，危聲。

告也。从言，登聲。

詰詘也。一曰屈襞。从言，出聲。詘，或从屈。

慰也。从言，夗聲。

知處告言之。从言，同聲。

流言也。从言，夐聲。

苛也。一曰訶也。从言，氏聲。

何也。从言，隹聲。

飾也。一曰更也。从言，革聲。讀若戒。

詆讕也。从言，闌聲。讕，或从間。

視也。从言，参聲。

悲聲也。从言，斯省聲。

罪也。从言，尤聲。《周書》曰："報以庶訧。"

討也。从言，朱聲。

悉也。从言，音聲。

禱也。累功德以求福。《論語》曰："讄曰：禱尔于上下神祇。"从言，纍省聲。或不省。

謚也。从言，耒聲。

恥也。从言，奚聲。謑，或从奊。

謑詬也。从言，后聲。詬，或从句。

軍中反閒也。从言，枼聲。

軍中約也。从言，亥聲。讀若心中滿該。

傳譯四夷之言者。从言，睪聲。

迫也。从言，九聲。讀若求。

笑皃。从言，益聲。

痛怨也。从誩，賣聲。《春秋傳》曰："民無怨讟。"

聲也。从音，鄉聲。

下徹聲。从音，酓聲。

虞舜樂也。《書》曰："簫韶九成，鳳皇來儀。"从音，召聲。

男有辠曰奴，奴曰童，女曰妾。从䇂，重省聲。籀文童。中與竊中同从廿。廿，目爲古文疾字。

聚也。从丵[1]，取聲。

承也。从手从収，丵聲。

① 丵下原有一"丵"字，衍。據《說文》删。

引給也。从卝，罼聲。

舉也。从卝，由聲。《春秋傳》曰：“晉人或以廣墜，楚人甹之。”黄顥説，廣車陷，楚人爲舉之。杜林以爲麒麟字。

举也。从卝，目聲。《虞書》曰：“岳曰異哉。”

兩手盛也。从卝，共聲。

摶飯也。从卝，采聲。釆，古文辨字。讀若書卷。

愨也。从卝，龍聲。

圍棊也。从卝，亦聲。《論語》曰：“不有博弈者乎。”

樊也。从𠂢，䜌聲。

給也。从共，龍聲。

分物得增益曰戴。从異，𢦏聲。籒文戴。

升高也。从舁，囟聲。舁，或从卩。古文舁。

身中也，象人要自臼之形。从臼，交省聲。古文要。

耕也。从晨，囟聲。徐鍇曰：“當从囟，乃得聲。”籒文農。从林。古文農。亦古文農。

去毛皮也。《論語》曰：“虎豹之鞹。”从革，郭聲。

靬，乾革也。武威有麗靬縣。从革，干聲。

生革，可以爲縷束也。从革，各聲。

柔革工也。从革，包聲。讀若朴。《周禮》曰：“柔皮之工鮑氏。”鞄即鮑也。

攻皮治鼓工也。从革，軍聲。讀若運。韗，或从韋。

柔革也。从革，旦聲。古文靼，从亶。

韋繡也。从革，貴聲。

大帶也。《易》曰："或錫之鞶帶。"男子帶鞶，婦人帶絲。从革，般聲。

以韋束也。《易》曰："鞏用黄牛之革。"从革，巩聲。

履空也。从革，免聲。徐鍇曰："履空，猶言履殼也。"

小兒履也。从革，及聲。讀若沓。

鞀角，鞮屬。从革，印聲。

革履也。从革，是聲。

鞮屬。从革，徙聲。

革生鞮也。从革，奚聲。

補履下也。从革，丁聲。

蹋鞠也。从革，匊聲。鞠，或从簕。

鞀遼也。从革，召聲。鞀，或从兆。鞀，或从鼓，从兆。籀文鞀，从殸召。

量物之鞔。一曰抒井鞔。古以革。从革，冤聲。鞔，或从宛。

刀室也。从革，卑聲。

車革前曰報。从革，艮聲。

車軾也。从革，弘聲。《詩》曰：“鞹鞃淺幭。”讀若穹。

車軸束也。从革，敄聲。

車束也。从革，必聲。

車衡三束也。曲轅⿰革爨縛，直轅𨏼縛。从革，爨聲。讀若《論語》“鑽燧”之鑽。⿰革爨，或从革贊。

蓋杠絲也。从革，旨聲。徐鍇曰：“絲，其繫系也。”古用革。

車駕具也。从革，皮聲。

轡鞥。从革，弇聲。讀若譍。一曰龍頭繞者。

轡革也。从革，巴聲。

著掖鞥也。从革，顯聲。

當膺也。从革，斤聲。

驂具也。从革，蚩聲。讀若騁蜃。

引軸也。从革，引聲。籀文靷。

車鞁具也。从革，官聲。

車鞁具也。从革，豆聲。

輨内環靼也。从革，亏聲。

車下索也。从革，專聲。

車具也。从革，奄聲。

車具也。从革，叕聲。

  窯毳飾也。从革，茸聲。

  窯飾。从革，占聲。

  防汗也。从革，合聲。

  馬頭絡銜也。从革，力聲。

  大車縛軛靼。从革，肙聲。

  勒靼也。从革，面聲。

  鞮也。从革，今聲。

  所以戢弓矢。从革，建聲。

  弓矢韇也。从革，賣聲。

  綏也。从革，巂聲。

  急也。从革，亟聲。

  驅也。从革，便聲。 古文鞭。

  頸靼也。从革，央聲。

  佩刀絲也。从革，蒦聲。

  馬尾鞁也。从革，它聲。今之般緧。

  繫牛脛也。从革，見聲。

  鬻也。从鬲，侃聲。 鬻，或从食，衍聲。 或从干聲。 或从建聲。案，禮家作饘，《孟子》作飦，《左氏傳》注作鍵。

  鍵也。从鬲，米聲。舊讀武悲切。徐鉉曰：“今俗作粥。之六切。”

鍵也。从䰜，古聲。

鼎實。惟葦及蒲。陳留謂鍵爲䰞。从䰜，速聲。䰞，或从食，束聲。

䰛也。从䰜，毓聲。䰛，或省从米。

涼州謂䰛爲䰟。从䰜，䄧聲。䰟，或省从末。

粉餅也。从䰜，耳聲。䰜，或从食，耳聲。

熬也。从䰜，芻聲。徐鉉曰：“今俗作㷅，別作炒，非是①。”

内肉及菜湯中薄出之。从䰜，翟聲。

亯也。从䰜，者聲。䰞，或从火。䰞，或从水在其中。

吹釜溢也。从䰜，孛聲。

食飪也。从丮，𦎫聲。《易》曰：“孰飪。”

設飪也。从丮，从食，才聲。讀若載。

褢也。从丮，工聲。巩，或加手。

相踦𨈟也。从丮，谷聲。其虐切。

遇也。从鬥，斲聲。

鬭也。从鬥，共聲。《孟子》曰：“鄒與魯鬨。”

經繆殺也。从鬥，翏聲。

鬭取也。从鬥，龜聲。讀若三合繩糾。

---

① 非是，原作“是非”，據《説文》改。

智少力劣也。从門，爾聲。

鬭，連結鬭紛相牽也。从門，燹聲。徐鉉曰："案，燹，今先典切，从豩聲。豩，呼還切。蓋燹亦有豩音，故得爲聲。一本从𤆄，《説文》無𤆄字。撫文切。"

鬭也。从門，賓省聲。讀若賓。

引也。从又，冒聲。

引也。从又，𦣞聲。𦣞，古文申。失人切。

又取也。从又，虘聲。

引也。从又，㸒聲。

拾也。从又，尗聲。汝南名收芌爲叔。叔，或从寸。

法制也。从又，庶省聲。

職也。从史，之省聲。古文事。

持去也。从支，奇聲。

習也。从聿，希聲。籀文肄。篆文肄。

所以書也。楚謂之聿，吴謂之不律，燕謂之弗。从聿，一聲。凡聿之屬皆从聿。余律切。

箸也。从聿，者聲。

及也。从隶，臮聲。《詩》曰："隸天之未陰雨。"

附箸也。从隶，柰聲。篆文隸。从古文之體。

堅也。从又，臣聲。凡臤之屬皆从臤。讀若鏗鏘之鏗。古文以爲賢字。

豎立也。从臤，豆聲。籒文豎。从殳。

善也。从臣，戕聲。籒文。

以杸殊人也。《禮》：“殳以積竹，八觚，長丈二尺，建於兵車，旅賁以先驅。”从又，几聲。凡殳之屬皆从殳。

殳也。从殳，示聲。或説城郭市里高縣羊皮，有不當入而欲入者，暫下以驚牛馬曰祋。故从示、殳。《詩》曰：“何戈與祋。”

从上擊下也。一曰素也。从殳，肯聲。舊讀若角切。肯，苦江切。今音轉，讀如韜。

下擊上也。从殳，冘聲。

繇擊也。从殳，豆聲。古文投如此。

縣物㱿擊也。从殳，[illegible]聲。

椎毄物也。从殳，豖聲。

捶毄物也。从殳，區聲。

擊頭也。从殳，高聲。

擊聲也。从殳，屍聲。

擊中聲。从殳，医聲。

椎物也。从殳，耑省聲。

擊空聲也。从殳，宮聲。

相雜錯也。从殳，肴聲。

安怒也。一曰有决也。从殳，豙聲。

毅改，大剛卯也，以逐精鬼。从殳，亥聲。

戮也。从殳，杀聲。凡殺之屬皆从殺。徐鉉曰："《説文》無杀字，相傳音察，末知所出。"古文殺。古文殺。古文殺。古文殺。籀文殺。

臣殺君也。《易》曰："臣弑其君。"从殺省，式聲。

舒鳧，鶩也。从鳥，几聲。

廷也。有法度者也。从寸，之聲。

帥也。从寸，牆省聲。

繹理也。从工，从口，从又，从寸。工、口，亂也。又、寸分理之。彡聲。此與䍜同意。度，人之兩臂爲尋，八尺也。

六寸簿也。从寸，叀聲。一曰專，紡專。

布也。从寸，甫聲。

導引也。从寸，道聲。

剥取獸革者謂之皮。从又，爲省聲。凡皮之屬皆从皮。古文皮。从竹。籀文皮。

面生气也。从皮，包聲。

面黑气也。从皮，干聲。

羽獵韋絝。从甍，弁聲。鄦書無篆，而倴、胼皆从弁聲，葢史篇遺亡，鄦未能補。或从衣，从胼。《虞書》曰："鳥獸褻毛。”

小擊也。从又，卜聲。凡攴之屬皆从攴。

教也。从攴，启聲。《論語》曰：“不憤不啟。”

擊也。从攴，肇省聲。

疾也。从攴，每聲。

彊也。从攴，民聲。

彊也。从攴，矛聲。

迮也。从攴，白聲。《周書》曰：“常敀常任。”

象也。从攴，交聲。

使爲之也。从攴，古聲。

敷也。从攴，也聲。讀與施同。

㢮也。从攴，尃聲。《周書》曰：“用敷遺後人。”

主也。从攴，典聲。

數也。从攴，麗聲。

計也。从攴，婁聲。

汲汲也。从攴，子聲。《周書》曰：“孜孜無怠。”

分也。从攴，分聲。《周書》曰：“乃惟孺子攽。”亦讀與彪同。

止也。从攴，旱聲。《周書》曰：“敦我于艱。”

有所治也。从攴，豈聲。讀若豤。

平治高土，可以遠望也。从攴，尚聲。

理也。从攴，伸聲。

更也。从攴，䜌聲。

改也。从攴，丙聲。

誡也。臿地曰敕。从攴，束聲。

使也。从攴，耴省聲。

收也。从攴，僉聲。

擇也。从攴，𣎆聲。《周書》曰："斁乃甲胄。"

繫連也。从攴，喬聲。《周書》曰："敿乃干。"讀若矯。

列也。从攴，陳聲。

仇也。从攴，啻聲。

解也。从攴，睪聲。《詩》曰："服之無斁。"斁，猒也。一曰終也。

止也。从攴，求①聲。

彊取也。《周書》曰："敓攘矯虔。"从攴，兑聲。

置也。从攴，赤聲。赦，或从亦。

撫也。从攴，亡聲。讀與撫同。

撫也。从攴，米聲。《周書》曰："亦未克敉公功。"讀若

① "求"上原有兩"攴"字，衍一，據《説文》改。

弭。敉，或从人。

戾也。从攴，韋聲。

怒也，詆也。一曰誰何也。从攴，𦎫聲。

刺也。从攴，蚩聲。

閉也。从攴，度聲。讀若杜。敷，或从刀。

塞也。从攴，念聲。《周書》曰：“敜乃穽。”

戰盡也。从攴，畢聲。

捕也。从攴，丩聲。

敂也。从攴，丂聲。

擊也。从攴，句聲。讀若扣。

擊也。从攴，工聲。

横擿也。从攴，高聲。

擊也。从攴，豖聲。

放也。从攴，㞢聲。

坼也。从攴，从厂。厂之性坼，果孰有味亦坼，故謂之斄。从未聲。徐鍇曰：“厂，厓也。”

去陰之刑也。从攴，蜀聲。《周書》曰：“刖劓斀黥。”

冒也。从攴，昏聲。《周書》曰：“敃不畏死。”

禁也。一曰樂器，椌楬也，形如木虎。从攴，吾聲。

研治也。从攴，果聲。舜女弟名敤首。

持也。从攴，金聲。讀如琴。

棄也。从攴，𠷎聲。《周書》以爲“討”。《詩》曰：“無我𢾭兮。”

毅攺，大剛卯，以逐鬼鬽也。从攴，已聲。讀若巳。

次弟也。从攴，余聲。

毀也。从攴，卑聲。

鞔也。从攴，兒聲。

擊馬也。从攴，朿聲。

小舂也。从攴，算聲。

[illegible]田也。从攴，堯聲。

毀也。从攴，褱聲。士部重出。

覺悟也。从教，从冂。冂，尚矇也。臼聲。篆文斅省。

筮也。从卜，圭聲。

《易》卦之上體也。《商書》曰：“貞曰𠧟。”从卜，每聲。

卜問也。从卜，召聲。

所願也。从用，寧省聲。

麗爾，猶靡麗也。从冂，从㸚。其孔㸚㸚。尔聲。此與爽同意。

低目視也。从夐，門聲。弘農湖縣有闅鄉，汝南西平有闅亭。無分切。

目也。从目，㫐聲。

兒初生瞥者。从目，瞏聲。

目無常主也。从目，玄聲。

目匡也。从目，此聲。

目旁毛也。从目，夾聲。

盧童子也。从目，縣聲。

目童子精也。从目，喜聲。讀若禧。

目旁薄緻宀宀也。从目，𦤎聲。

大目也。从目，非聲。

大目也。从目，臤聲。

大目也。从目，旱聲。睅，或从完。

大目也。从目，爰聲。

平目也。从目，㒼聲。

大目出也。从目，軍聲。

目䜌䜌也。从目，䜌聲。

白黑分也。《詩》曰：“美目盼兮。”从目，分聲。

目多白也。一曰張目也。从目，干聲。

多白眼也。从目，反聲。《春秋傳》曰：“鄭游眅，字子明。”

出目也。从目，見聲。

目多精也。从目，雚聲。益州謂瞋目曰矔。

目精也。从目，粦聲。

目少精也。从目，毛聲。《虞書》耄字从此。

目無精直視也。从目，黨聲。

暫視皃。从目，炎聲。讀若“白蓋謂之苫”相似。

吴楚謂瞋目、顧視曰眮。从目，同聲。

直視也。从目，必聲。讀若《詩》云“泌彼泉水”。

瞴婁，微視也。从目，無聲。

蔽人視也。从目，幵聲。讀若攜手。一曰直視也。 䀹，目或在下。

晚晵目視皃。从目，免聲。

眂皃。从目，氏聲。

衺視也。从目，兒聲。

低目視也。从目，冒聲。《周書》曰：“武王惟眉。”

視高皃。从目，戉聲。讀若《詩》曰“施罛濊濊”。

視近而志遠。从目，冘聲。《易》曰：“虎視眈眈。”

張目也。从目，于聲。一曰朝鮮謂盧童子曰盱。

目驚視也。从目，袁聲。《詩》曰：“獨行睘睘。”

視而止也。从目，亶聲。

目冥遠視。从目，勿聲。一曰久也，一曰旦明也。

目有所根而止也。从目，㐱聲。

睽也。从目，奥聲。

察也。从目，祭聲。

見也。从目，者聲。古文。从見。

目不相聽也。从目，癸聲。

目不明也。从目，末聲。

轉目視也。从目，般聲。

小兒白眼也。从目，辡聲。

目財視也。从目，𠂢聲。

失意視也。从目，脩聲。

謹鈍目也。从目，𦎫聲。

目動也。从目，閏聲。

恨張目也。从目，賓聲。《詩》曰：“國步斯矉。”

目無明也。从目，夗聲。

仰目也。从目，隹聲。

目摇也。从目，匀省聲。旬，或从旬。

大視也。从目，蒦聲。

目順也。从目，坴聲。一曰敬和也。古文睦。

臨視也。从目，詹聲。

低目謹視也。从目，敄聲。

小視也。从目，買聲。

視也。从目，監聲。

省視也。从目，啓省聲。

張目也。从目，真聲。祕書瞋。从戌。

目孰視也。从目，鳥聲。讀若雕。

目疾視也。从目，易聲。

視皃。从目，肙聲。

迎視也。从目，是聲。讀若珥瑱之瑱。

目相戲也。从目，晏聲。《詩》曰：“𥈅婉之求。”

短深目皃。从目，[illegible]聲。

顧也。从目，𢍏聲。《詩》曰：“乃眷西顧。”

察也。一曰目痛也。从目，叔聲。

望也。从目，稀省聲。海岱之間謂眄曰睎。

深視也。一曰下視也。又竊見也。从目，覃聲。

坐寐也。从目，垂聲。

目病生翳也。从目，生聲。

過目也。又目翳也。从目，敝聲。一曰財見也。

目傷眥也。从目，多聲。一曰瞢兜。

目眵也。从目，蔑省聲。

涓目也。从目，夬聲。徐鉉曰：“當从決省。”亦省聲。

目病也。从目，良聲。

目不明也。从目，未聲。

戴目也。从目，間聲。江淮之間謂眂曰瞯。

艸入目中也。从目，米聲。

目不正也。从目，兆聲。

目童子不正也。从目，來聲。

目睞謹也。从目，录聲。讀若鹿。

眣也。从目，攸聲。 脩，或从丩。

目不正也。从目，失聲。

童矇也。一曰不明也。从目，蒙聲。

目偏合也。一曰衺視也。秦語。从目，丏聲。

眄也。从目，各聲。

目無牟子。从目，亡聲。

目陷也。从目，咸聲。

目但有眹也。从目，鼓聲。

無目也。从目，叜聲。

惑也。从目，榮省聲。

目小也。从目，巠聲。徐鉉曰：“案《尚書》‘元首叢脞哉’，叢脞，猶細碎也。今从肉，非是。”

目小視也。从目，弟聲。南楚謂眄曰睇。

開闔目數摇也。从目，寅聲。舒問切。徐鉉曰：“今俗别作瞬，非是。”

直視也。从目，台聲。

長眙也。一曰張目也。从目，宁聲。

恨視也。从目，兮聲。

目不明也。从目，弗聲。

盾也。从盾，犮聲。

盾握也。从盾，圭聲。

鈍詞也。从白，羨省聲。《論語》曰：“參也魯。”

别事詞也。从白，𣌭聲。𣌭，古文旅字。

詞也。从白，𢎘聲。與疇同。《虞書》曰：“𢎘咨。”

臥息也。从鼻，干聲。讀若汗。

病寒鼻窒也。从鼻，九聲。

臥息也。从鼻，隶聲。讀若虺。

習猒也。从習，元聲。《春秋傳》曰：“翫歲而愒日。”

鳥之彊羽猛者。从羽，是聲。

天雞，赤羽也。从羽，倝聲。《逸周書》曰：“文翰若翬雉。一名鷐風。周成王時蜀人獻之。”

赤羽雀也。出鬱林。从羽，非聲。

青羽雀也。出鬱林。从羽，卒聲。

羽生也。一曰矢羽。从羽，歬聲。矢舊作矢，謂金鏃翦羽也。

頸毛也。从羽，公聲。

翼也。从羽，支聲。 翄，或从氏。

翅也。从羽，革聲。

尾長毛也。从羽，堯聲。

羽本也。一曰羽初生皃。从羽，侯聲。

羽莖也。从羽，鬲聲。

羽曲也。从羽，句聲。

羽之羿風，亦古諸侯也。一曰射師。从羽，开聲。

飛舉也。从羽，者聲。

起也。从羽，合聲。

小飛也。从羽，睘聲。

大飛也。从羽，軍聲。一曰，伊、雒而南，雉五采皆備曰翬。《詩》曰：“如翬斯飛。”

疾飛也。从羽，扁聲。

捷也，飛之疾也。从羽，夾聲。讀若瀒。一曰俠也。

飛也。从羽，立聲。

飛盛皃。从羽，㞢聲。

翱翔也。从羽，皋聲。

回飛也。从羽，羊聲。

飛聲也。从羽，歲聲。《詩》曰：“鳳皇于飛，翽翽其羽。”

鳥白肥澤皃。从羽，高聲。《詩》云：“白鳥翯翯。”

樂舞，以羽翿自翳其首，以祀星辰也。从羽，王聲。讀若皇。

樂舞，執全羽以祀社稷也。从羽，犮聲。讀若紱。

翳也，所以舞也。从羽，𣪠聲。《詩》曰：“左執翿。”

華蓋也。从羽，殹聲。

棺羽飾也。天子八，諸侯六，大夫四，士二。下垂。从羽，妾聲。

小爵也。从萑，吅聲。《詩》曰：“雚鳴于垤。”

雖舊，舊留也。从萑，臼聲。許流切。徐鍇曰：“今借爲新舊字。”巨救切。 舊，或从鳥，休聲。

鳥羣也。从雔，淵聲。

細也。从幺，麻聲。

逐也。从攴，方聲。凡放之屬皆从放。

相付也。从𠬪，舟省聲。

五指持也。从𠬪，一聲。讀若律。

進取也。从𠬪，古聲。籒文叡。古文叡。

病也。从歺，委聲。

瞀也。从歺，昏聲。

胎敗也。从歺，賣聲。

終也。从歺，勿聲。歾，或从𣣋。

大夫死曰殚。从歺，卒聲。

死也。从歺，朱聲。《漢令》曰：“蠻夷長有罪，當殊之。”

胎[①]敗也。从歺，昷聲。

不成人也。人年十九至十六死爲長殤，十五至十二死爲中殤，十一至八歲死爲下殤。从歺，傷省聲。

往死也。从歺，且聲。《虞書》曰：“放勛乃殂落。”古文殂，从歺，从作。

殊也。从歺，亟聲。《虞書》：“殛鮌于羽山。”

死也。从歺，壹聲。古文殪，从死。

死寂募也。从歺，莫聲。

瘞也。从歺，隶聲。

道中死人，人所覆也。从歺，堇聲。《詩》曰：“行有死人，尚或殣之。”

---

① 胎，原作“貽”，據《説文》及上文改。

腐气也。从歺，臭聲。

爛也。从歺，貴聲。

腐也。从歺，丂聲。 死，或从木。

危也。从歺，台聲。

咎也。从歺，央聲。

賊也。从歺，戔聲。

盡也。从歺，㐱聲。 古文殄如此。

微盡也。从歺，韱聲。《春秋傳》曰：“齊人殲于遂。”

殛盡也。从歺，單聲。

敗也。从歺，睪聲。《商書》曰：“彝倫攸殬。”

畜産疫病也。从歺，羸聲。

殺羊出其胎也。从歺，豈聲。

脂膏久殖也。从歺，直聲。

枯也。从歺，古聲。

棄也。从歺，奇聲。俗語謂死曰大殑。

公侯殚也。从死，瞢省聲。

死人里也。从死，蒿省聲。

戰見血曰傷，亂或爲惽，死而復生爲㱨。从死，次聲。

别也。从冎，卑聲。讀若罷。

髑髏頂也。从骨，蜀聲。

髏髑髏也。从骨，婁聲。

髆肩甲也。从骨，尃聲。

髃肩前也。从骨，禺聲。

骿并脅也。从骨，并聲。晋文公骿脅。徐鉉曰："骿胝字同，今别作胼，非。"

髀股也。从骨，卑聲。古文髀。

髁髀骨也。从骨，果聲。

橛臀骨也。从骨，厥聲。

髖髀上也。从骨，寬聲。

髕厀耑也。从骨，賓聲。

𩩓骨耑也。从骨，昏聲。

䯛厀脛間骨也。从骨，貴聲。

骹脛也。从骨，交聲。

骭骹也。从骨，干聲。

骸脛骨也。从骨，亥聲。

髓骨中脂也。从骨，隓聲。

𩨨骨間黄汁也。从骨，易聲。讀若《易》曰"夕惕若厲"。

體總十二屬也。从骨，豊聲。謂骨有頂、面、頤、肩、脊、尻、厷、臂、手、股、脛、足之屬也。

㾓病也。从骨，麻聲。

食骨留咽中也。从骨，叓聲。

禽獸之骨曰骼。从骨，各聲。

鳥獸殘骨曰骴。骴，可惡也。从骨，此聲。《明堂月令》曰：“掩骼薶骴。”骴或从肉資。

骨耑骼奊也。从骨，丸聲。

骨擿之可會髮者。从骨，會聲。《詩》曰：“體弁如星。”

婦始孕腜兆也。从肉，某聲。

婦孕一月也。从肉，不聲。

婦孕三月也。从肉，台聲。

肉也。从肉，几聲。

皮也。从肉，盧聲。籒文臚。

面頯也。从肉，屯聲。

頰肉也。从肉，幾聲。讀若畿。

口耑也。从肉，辰聲。古文脣，从頁。

項也。从肉，豆聲。

心上鬲下也。从肉，亡聲。《春秋傳》曰：“病在肓之下。”

水藏也。从肉，臤聲。

金藏也。从肉，市聲。

土藏也。从肉，卑聲。

木藏也。从肉，干聲。

連肝之府。从肉，詹聲。

膀光也。从肉，孚聲。

大小腸也。从肉，昜聲。

肥也。从肉，高聲。

肥也。从肉，方聲。

胷也。从肉，𤸰聲。

胷肉也。从肉，乙聲。臆，或从意。

𦟝也。从肉，北聲。

兩膀也。从肉，劦聲。

脅也。从肉，旁聲。髈，或从骨。

脅肉也。从肉，寽聲。一曰脟，腸間肥也。一曰膫也。

脅骨也。从肉，力聲。

夾𦟝肉也。从肉，申聲。

背肉也。从肉，每聲。《易》曰："咸其脢。"

亦下也。从肉，各聲。

亦下也。从肉，去聲。

手上也。从肉，辟①聲。

---

① 辟，原作"臂"，據《説文》改。

臂羊矢也。从肉，需聲。讀若襦。

毗齎也。从肉，齊聲。

厚也。从肉，夏聲。

腹下肥也。从肉，臾聲。

屍也。从肉，隹聲。

孔也。从肉，夬聲。讀若決水之決。

股也。从肉，夸聲。

髀也。从肉，殳聲。

脛也。从肉，卻聲。

胻也。从肉，巠聲。

脛耑也。从肉，行聲。

脛耑也。从肉，非聲。

腓腸也。从肉，耑聲。

體四胑也。从肉，只聲。胑，或从支。

足大指毛也。从肉，亥聲。

骨肉相似也。从肉，小聲。不似其先，故曰“不肖”也。

胤也。从肉，由聲。

振肸也。从肉，八聲。

肉膻也。从肉，亶聲。《詩》曰：“膻裼暴虎。”

益州鄙言人盛，諱其肥，謂之驤。从肉，襄聲。

臞也。从肉，皆聲。

少肉也。从肉，瞿聲。

消肉臞也。从肉，兑聲。

齊人謂臞脙也。从肉，求聲。讀若休止。

臞也。从肉，䜌聲。一曰切肉臠也。《詩》曰：“棘人臠臠兮。”

瘦也。从肉，脊聲。古文膌。从疒、从朿，朿亦聲。

騃也。从肉，丞聲。讀若丞。

脣傷也。从肉，㐱聲。籀文胗。从疒。

瘢胝也。从肉，垂聲。

腄也。从肉，氐聲。

贅也。从肉，尤聲。籀文肬。从黑。

搔生創也。从肉，丸聲。

癰也。从肉，重聲。

骨差也。从肉，失聲。讀與跌同。

創肉反出也。从肉，希聲。

瘢也。从肉，引聲。一曰遽也。

冬至後三戌，臘祭百神。从肉，巤聲。

楚俗㠯二月祭飲食也。从肉，婁聲。一曰祈穀食新曰離膢。

祭也。从肉，兆聲。

祭福肉也。从肉，乍聲。徐鉉曰：“今俗别作祚，非是。”

具食也。从肉，善聲。

嘉善肉也。从肉，柔聲。

啖也。从肉，爻聲。徐鍇曰：“謂已脩庖之可食也。”

設膳腆腆多也。从肉，典聲。古文腆。

牛羊曰肥，豕曰腯。从肉，盾聲。

肥肉也。从肉，必聲。

牛顧垂也。从肉，古聲。

牛百葉也。从肉，弦省聲。

牛百葉也。从肉，㽞聲。一曰鳥胞胵。膍，或从比。

鳥胃也。从肉，至聲。一曰胵，五藏①總名也。

牛脅後髀前合革肉也。从肉，臾聲。讀若繇。

血祭肉也。从肉，帥聲。膟，或从率。

牛腸脂也。从肉，尞聲。《詩》曰：“取其血膫。”膫，或从勞省聲。

乾肉也。从肉，甫聲。

脯也。从肉，攸聲。

---

① 藏，原作“載”，據《説文》改。

脯也。从肉，奚聲。

脡肉也。从肉，兩聲。

薄脯，搏[①]之屋上。从肉，尃聲。匹各切。

胃府也。从肉，完聲。讀[②]若患。舊云脯。鉉本如是，謂脘亦脯屬，故類次之。醫書謂之胃宛，即此胃脘也。

脯挺也。从肉，句聲。

無骨腊也。楊雄説，鳥腊也。从肉，無聲。《周禮》有膴判。讀若謨。荒烏切。

蟹醢也。从肉，疋聲。

北方謂鳥腊曰腒。从肉，居聲。《傳》曰："堯如腊，舜如腒。"

孰肉醬也。从肉，九聲。讀若舊。

乾魚尾䐹䐹也。从肉，肅聲。《周禮》有"腒䐹"。

有骨醢也。从肉，耎聲。 腝，或从難。

生肉醬也。从肉，延聲。

豕肉醬也。从肉，否聲。

爛也。从肉，而聲。

切孰肉，内於血中和也。从肉，員聲。讀若遜。

---

① 搏，《説文》作"膊"。

② 讀，原作"謂"，據《説文》改。

豕膏臭也。从肉，生聲。一曰不孰也。

犬膏臭也。从肉，喿聲。

豕肉羹也。从肉，堯聲。

戴角者脂，無角者膏。从肉，旨聲。

鬻也。从肉，肖聲。

上肥也。从肉，貳聲。

肉間胲膜也。从肉，莫聲。

肉表革裏也。从肉，弱聲。

肉羹也。从肉，隺聲。

臛也。从肉，賁聲。

臛也。从肉，雋聲。讀若纂。臇，或从火巽。

大臠也。从肉，𢦏聲。

薄切肉也。从肉，枼聲。

細切肉也。从肉，會聲。

漬肉也。从肉，奄聲。

耎易破也。从肉，毳聲。

雜肉也。从肉，㪔聲。

切肉也。从肉，專聲。

挑取骨間肉也。从肉，叕聲。讀若《詩》曰“啜其泣矣”。

食所遺也。从肉，仕聲。《易》曰：“噬乾𦞦。”楊雄説，𦞦从䏍。

食肉不猒也。从肉，臽聲。讀若陷。

起也。从肉，真聲。

肉汁滓也。从肉，冘聲。

昵也。作之昌皮。从肉，翏聲。

蠅乳肉中也。从肉，且聲。

小蟲也。从肉，口聲。一曰空也。

爛也。从肉，府聲。

筋之本也。从筋，从夗省聲。筋，或从肉、建。

手足指節鳴也。从筋省，勺聲。筋，或省竹。

人所帶兵也。从刃，僉聲。籀文劒。从刀。

巧韧也。从刀，丰聲。凡韧之屬皆从韧。

齘契，刮也。从韧，夬聲。一曰契，畫堅也。

枝輅也。从丰，各聲。

犂也。从耒，井聲。一曰古者井田。

耒廣五寸爲伐，二伐爲耦。从耒，禺聲。

帝耤千畝也。古者使民如借，故謂之耤。从耒，昔聲。

冊叉可以畫麥，河内用之。从耒，圭聲。一本作桂。叉或作册。又冊叉者，言杷取麥爪甚多也，冊爲數之積，因名。

除苗間穢也。从耒，員聲。𦓹，或从芸。

商人七十而耡。耡，耤税也。从耒，助聲。《周禮》曰："以興耡利萌。"

揮角皃。从角，雚聲。梁隝縣有䚚亭。又讀若繕。

角也。从角，樂聲。張掖有觻得縣。

角中骨也。从角，思聲。

曲角也。从角，关聲。

角觬曲也。从角，兒聲。西河有觬氏縣。

一角仰也。从角，韧聲。《易》曰："其牛觢。"徐鉉曰："當从契省，乃得聲。"

角傾也。从角，虒聲。

角一俛一仰也。从角，奇聲。

角皃。从角，丩聲。《詩》曰："兕觵其觓。"

角曲中皃。从角，畏聲。

角長皃。从角，爿聲。

角有所觸發也。从角，厥聲。

抵也。从角，蜀聲。

舉角也。从角，公聲。

治角也。从角，學省聲。

牛觸，横大木其角。从角，从大，行聲。《詩》曰："設其福衡。”古文衡如此。

角䚗，獸也。狀佀豕，角善爲弓，出胡休多國。从角，耑聲。《御覽》引作“出胡尸國。一曰出休尸國”十字。郭璞說：“角䚗，佀豬角，在鼻上，堪作弓。李陵嘗以此弓十張遺蘇武也。”

䚔挐，獸也。从角，者聲。一曰下大者也。

羊角不齊也。从角，危聲。

牝，牂羊生角者也。从角，圭聲。牂者，牝羊也。牂羊多無角，故生角者謂之觟也。《詩》曰：“彼童而角。”童，即牂，有角則觟也。

骨角之名也。从角，各聲。

鴟舊頭上角觜也。一曰觜觿也。从角，此聲。此謂鳥之毛角與獸角異也。今用爲鳥味之觜。俗加口作嘴。

佩角，鋭耑可以解結。从角，巂聲。《詩》曰：“童子佩觿。”

兕牛角，可㠯歓者也。从角，黃聲。其狀觵觵，故謂之觵。《毛詩》說“觥大七升”，《韓詩》說“觥大五升”，所以罰不敬。俗觵。从光。

鄉歓酒角也。《禮》曰：“一人洗，舉觶。”觶受四升。从角，單聲。徐鉉曰：“當从戰省，乃得聲。”案，《異義》引《韓詩》說：“三升曰觶。觶，適也。歓當自適也。”觶，或从辰。《考工記》疏引《鄭駁異義》云：“觶字角旁。友汝潁之間，師讀所作。”今本皆如是。案，友葢辰之誤。古祇、振多通用也。

禮經觶。

小觶也。从角，旦聲。

觶實曰觴，虛曰觶。从角，𥏻省聲。觴者，餉也。籀文觴。从爵省。

鄉歙酒之爵也。一曰觴受三升者謂之觚。从角，瓜聲。

角匕也。从角，亘聲。讀若讙。

杖耑角也。从角，敫聲。

環之有舌者。从角，夐聲。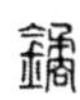觼，或从金、矞。

調弓也。从角，弱省聲。

惟射收繁具也。从角，發聲。

惟射收繁具。从角，酉聲。讀若鰌。

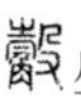盛觵卮也。一曰射具。从角，㱿聲。讀若斛。

羌人所吹角屠觱，以驚馬也。从角，㔣聲。㔣，古文誖字。屠觱，羌人所吹器，舊以角爲之，後乃以竹爲管，以蘆爲首。或作篳篥，亦作觱篥。今《詩》作觱發。又風寒聲。

法也。从工，弋聲。

技也。从工，丂聲。

何也。从曰，匃聲。

曾也。从曰，兓聲。《詩》曰："朁不畏明。"

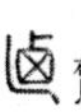驚聲也。从乃省，卤聲。籀文廼不省。或曰廼，往也。讀

若仍。徐鉉曰：“卤非聲，未詳。”古文廼。

气行皃。从乃，卤聲。讀若攸。

願詞也。从丂，寍聲。

可也。从可，加聲。《詩》曰：“哿矣富人。”

驚辭也。从兮，旬聲。㫬，或从心。

气也。从兮，義聲。

气損也。从丂，雐聲。虧，或从兮。

美也。从甘，匕聲。凡旨之屬皆从旨。古文旨。

口味之也。从旨，尚聲。

大也。从喜，否聲。《春秋傳》曰：“吴有太宰嚭。”

夜戒守鼓也。从壴，蚤聲。《禮》：“昏鼓四通爲大鼓，夜半三通爲戒晨，旦明五通爲發明。”讀若戚。

鼓聲也。从壴，彡聲。徐鉉曰：“當从形省，乃得聲。”

美也。从壴，加聲。

大鼓也。从鼓，咎聲。《詩》曰：“鼛鼓弗勝。”

大鼓謂之鼖。鼖八尺而兩面，以鼓軍事。从鼓，賁省聲。鼖，或从革，賁不省。鼓以革爲之，故从革。

騎鼓也。从鼓，卑聲。

鼓聲也。从鼓，隆聲。

鼓聲也。从鼓，𣶒聲。《詩》曰：“鼝鼓鼘鼘。”

鼓聲也。从鼓，堂聲。《詩》曰："擊鼓其鼞。"

鼓聲。从鼓，合聲。古文鼛。从革。

鼓無聲也。从鼓，咠聲。

鼓鼙也。从鼓，缶聲。

還師振旅樂也。一曰欲也，登也。从豆，微省聲。凡豈之屬皆从豈。

䬆也，訖事之樂也。从豈，幾聲。徐鉉曰："《説文》無䬆字，从幾从气，義無所取，當是訖字之誤尔。"

好而長也。从豐。豐，大也。盍聲。《春秋傳》曰："美而豔。"以贍切。

土鍪也。从虛，号聲。讀若鎬。

騶虞也。白虎黑文，尾長於身。仁獸，食自死之肉。从虍，吳聲。《詩》曰："于嗟乎，騶虞。"

虎皃。从虍，必聲。

虎行皃。从虍，文聲。讀若矜。徐鉉曰："文非聲，未詳。"

虎不柔不信也。从虍，且聲。讀若鄺縣。

哮虖也。从虍，乎聲。

虎文，彪也。从虍，彬聲。

人相違也。从大，凵聲。凡去之屬皆从去。

去也。从去，曷聲。

去也。从去，夌聲。讀若陵。

血也。从血，亡聲。《春秋傳》曰：“士刲羊，亦無衁也。”

凝血也。从血，不聲。

气液也。从血，𦘔聲。

定息也。从血，甹省聲。讀若亭。

鼻出血也。从血，丑聲。

腫血也。从血，農省聲。俗盥。从肉，農聲。

血醢也。从血，肬聲。《禮記》有“監醢”，以牛乾脯、粱①、䕬、鹽、酒也。徐鉉曰：“肬，肉汁滓也，故从肬。肬亦聲。”案，肉汁滓即血醢，古但以肬爲之，後加血旁，故不言亦聲。

醢也。从血，菹聲。䖼，或从缶。

以血有所刏涂祭也。从血，幾聲。

憂也。从血，卩聲。一曰鲜少也。徐鍇曰：“血者言憂之切至也。”辛聿切。

傷痛也。从血、聿，皕聲。《周書》曰：“民罔不衋傷心。”

羊凝血也。从血，臽聲。䙏，或从贛。

污血也。从血，蔑聲。

審也。从青，争聲。徐鍇曰：“丹青明審也。”

① 粱，原作“梁”，據《説文》改。

即食也。从皀，卩聲。徐鍇曰："即，就也。"

小食也。从皀，旡聲。《論語》曰："不使勝食既。"

飯剛柔不調相箸。从皀，冂聲。讀若適。

黑黍也。一稃二米以釀也。从鬯，矩聲。𩰫，或从禾。

列也。从鬯，夬聲。讀若迅。列當作烈，謂以火熭之也。今衡人士語猶然。

一米也。从皀，亼聲。或説亼皀也。凡食之屬皆从食。

滫飯也。从食，𠦪聲。徐鉉曰："𠦪音忽，非聲，疑奔字之誤。"餴，或从賁。餴，或从奔。

飯气蒸也。从食，留聲。

大孰也。从食，壬聲。古文飪。亦古文飪。

孰食也。从食，雝聲。

米櫱煎也。从食，台聲。籀文飴。从異省。

飴和饊者也。从食，易聲。

熬稻粻餭也。从食，散聲。

麪餈也。从食，并聲。

稻餅也。从食，次聲。餈，或从齊。餈，或从米。

糜也。从食，亶聲。周謂之饘，宋謂之餬。

乾食也。从食，侯聲。《周書》曰："峙乃餱粻。"

餱也。从食，非聲。陳楚之間相謁而食麥飯曰餥。

酒食也。从食，喜聲。《詩》曰："可以饙饎。"饎，或从配。饎，或从米。

具食也。从食，算聲。籑，或从㠭。

供養也。从食，羊聲。古文養。

食也。从食，反聲。

雜飯也。从食，丑聲。

以羹澆飯也。从食，贊聲。

晝食也。从食，象聲。餘，或从傷省聲。

日加申時食也。从食，甫聲。籀文餔。从皿、从浦。

吞也。从食，奴聲。餐，或从水。

嗛也。从食，兼聲。讀若風溓溓。一曰廉潔也。

餉田也。从食，盍聲。《詩》曰："饁彼南畝。"

周人謂餉曰饟。从食，襄聲。人漾切。

饟也。从食，向聲。

餉也。从食，貴聲。

盛器滿皃。从食，蒙聲。《詩》曰："有饛簋飧。"

楚人相謁食麥曰飵。从食，乍聲。

相謁食麥也。从食，占聲。

秦人謂相謁而食麥曰饐餀。从食，㥯聲。

䭡𩜵也。从食，豈聲。

寄食也。从食，胡聲。

食之香也。从食，必聲。《詩》曰：“有飶其香。”

燕食也。从食，芺聲。《詩》曰：“飲酒之飫。”

猒也。从食，包聲。古文飽，从采。亦古文飽，从丣聲。

猒也。从食，肙聲。

飽也。从食，堯聲。

饒也。从食，余聲。

食臭也。从食，艾聲。《爾雅》曰：“餀謂之喙。”

送厺也。从食，戔聲。《詩》曰：“顯父餞之。”

野饋曰餫。从食，軍聲。

客舍也。从食，官聲。《周禮》：“五十里有市，市有館，館有積，以待朝聘之客。”

貪也。从食，號聲。饕，或从口，刀聲。籀文饕，从號省。

貪也。从食，殄省聲。《春秋傳》曰：“謂之饕飻。”

飯傷熱也。从食，歲聲。

飯傷溼也。从食，壹聲。

飯餲也。从食，曷聲。《論語》曰：“食饐而餲。”

穀不孰爲飢。从食，幾聲。

蔬不孰爲饉。从食，堇聲。

飢也。从食，戹聲。讀若楚人言恚人。

飢也。从食，委聲。一曰魚敗曰餧。

餓也。从食，几聲。

飢也。从食，我聲。

祭酹也。从食，叕聲。

小餟也。从食，兑聲。

馬食穀多，气流四下也。从食，夌聲。

食馬穀也。从食，末聲。

益也。从會，卑聲。

鳥獸來食聲。从倉，爿聲。《虞書》曰：“鳥獸牄牄。”

小堂也。从高省，同聲。高，或从廣頃。

民所安定也。亭有樓。从高省，丁聲。

京兆杜陵亭也。从高省，乇聲。

買賣所之也。市有垣。从冂，从㇇。㇇，古文及，象物相及也。㞢省聲。

厚也。从亯，竹聲。讀若篤。

長味也。从㫗，鹹省聲。《詩》曰：“實覃實吁。”古文覃。篆文覃。省。

善也。从畗省，亡聲。徐鍇曰："良甚也，故从畗。"古文良。亦古文良。亦古文良。

多穀也。从㐭，旦聲。

垣蔽也。从嗇，爿聲。籒文。从二禾。籒文。亦从二來。

來麰麥也。从麥，牟聲。麰，或从艸。

堅麥也。从麥，气聲。

小麥屑之覈。从麥，肙聲。

䃺麥也。从麥，㱃聲。一曰擣也。

小麥屑皮也。从麥，夫聲。麩，或从甫。

麥末也。从麥，丏聲。

麥覈屑也。十斤爲三斗。从麥，啻聲。

煑麥也。从麥，豐聲。讀若馮。

麥甘鬻也。从麥，去聲。

餠籟也。从麥，㱿聲。讀若庫。

餠籟也。从麥，穴聲。

餠籟也。从麥，才聲。

行夋夋也。一曰倨也。从夊，允聲。

行故道也。从夊，畗省聲。

和之行也。从夊，恖聲。《詩》曰："布政憂憂。"

行皃。从夊，㤅聲。

斂足也。鵲鶪醜其飛也。夎，从夊，兇聲。

樂也，用足相背。从舛，無聲。古文舞。从羽、亡。

車軸耑鍵也。兩穿相背。从舛，禼省聲。禼，古文偰字。

華榮也。从舜，生聲。讀若皇。《爾雅》曰：“⿰舜生，華也。”

⿰舜生，或从艸、皇。

相背也。从舛，口聲。獸皮之韋可目束，枉戾相韋背，故借目爲皮韋。凡韋之屬皆从韋。古文韋。

韍也。所以蔽前，以韋。下廣二尺，上廣一尺，其頸五寸。一命緼韠，再命赤韠。从韋，畢聲。

茅蒐染韋也。一入①曰韎。从韋，末聲。

橐紐也。从韋，惠聲。一曰盛虜頭橐也。徐鍇曰：“謂戰伐以盛首級。”

劒衣也。从韋，舀聲。

射臂決也。从韋，冓聲。

射決也。所以拘弦，以象骨韋系著右巨指。从韋，枼聲。《詩》曰：“童子佩韘。”韘，或从弓。

弓衣也。从韋，蜀聲。

弓衣也。从韋，長聲。《詩》曰：“交韔二弓。”

① 入，原作“人”，據《説文》改。

履也。从韋，叚聲。

履後帖也。从韋，段聲。 鍛，或从糸。

足衣也。从韋，蔑聲。徐鉉曰：“今俗作韤，非是。”

軶裹也。从韋，專聲。

革中辨謂之韏。从韋，𢍏聲。

收束也。从韋，樵聲。讀若酋。徐鉉曰：“樵，側角切，聲不相近，未詳。” 䪈，或从要。 䪈，或从秋手。

井垣也。从韋，取其帀也，倝聲。

相遮要害也。从夂，丰聲。南陽新野有夆亭。乎蓋切。

牾也。从夂，半聲。讀若縫。

辜也。从桀，石聲。

木叢生者。从林，鬱省聲。

叢木，一名荊也。从林，疋聲。創舉切。

木枝條棽儷皃。从林，今聲。

木盛也。从林，矛聲。

守山林吏也。从林，鹿聲。一曰林屬於山爲麓。《春秋傳》曰：“沙麓崩。” 古文。从录，亦录聲也。

複屋棟也。从林，分聲。

槷䊔，不安也。从出，臬聲。《易》曰：“槷䊔。”徐鍇曰：“物不安則出，不在也。”

生也。从生，彥省聲。

豐大也。从生，降聲。徐鍇曰：“生而不已，益高大也。”

艸木實甤甤也。从生，豨省聲。讀若綏。

艸木華也。从𠂹，亏聲。凡雩之屬皆从雩。 雩，或从艸林夸。

盛也。从雩，韋聲。《詩》曰：“萼不韡韡。”

多小意而止也。从禾支，只聲。一曰木也。小意者，意有

所屈曲，不得伸也。

積椒也。从禾，从又，句聲。又者，从丑省。一曰木名。徐鍇曰：“丑者，束縛也。積椒，詘曲①不伸之意。”

留止也。从禾，从尤，旨聲。凡稽之屬皆从稽。

特止也。从稽省，卓聲。徐鍇曰：“特止，卓立也。”

稽椒而止也。从稽省，咎聲。讀若皓。賈侍中說：“稽、稕、䅯三字皆木名。”

小束也。从束，幵聲。讀若繭。

橐也。从束，圂聲。凡㯻之屬皆从㯻。

囊也。从㯻省，石聲。

橐也。从㯻省，襄省聲。

車上大橐。从㯻省，咎聲。《詩》曰：“載櫜弓矢。”

① 詘曲，原闕，據《說文繫傳》補。

囊張大皃。从橐省，匋省聲。

天體也。从囗，瞏聲。

圜也。从囗，專聲。

規也。从囗，肙聲。

回也。从囗，云聲。

圜全也。从囗，員聲。讀若員。

回行也。从囗，睪聲。《尚書》曰："圛圛升雲，半有半無。"讀若驛。

養畜之閑也。从囗，卷聲。

苑有垣也。从囗，有聲。一曰禽獸曰囿。籒文囿。

所以樹果也。从囗，袁聲。

種菜曰圃。从囗，甫聲。

獄也。从囗，令聲。

守之也。从囗，吾聲。

四塞也。从囗，古聲。

守也。从囗，韋聲。

物數紛䡝，亂也。从員，云聲。讀若《春秋傳》曰"宋皇鄖"。

國也。从邑，丯聲。古文。

周制，天子地方千里，分爲百縣，縣有四郡，故《春秋傳》曰“上大夫受郡”是也。至秦初，置三十六郡以監其縣。从邑，君聲。

有先君之舊宗廟曰都。从邑，者聲。《周禮》：“距國五百里爲都。”

五家爲鄰。从邑，粦聲。

百家爲酇。酇，聚也。从邑，贊聲。南陽有酇縣。

五酇爲鄙。从邑，啚聲。

距國百里爲郊。从邑，交聲。

屬國舍。从邑，氐聲。

郭也。从邑，孚聲。

國甸，大夫稍稍所食邑。从邑，肖聲。《周禮》曰：“任郩地在天子三百里之内。”

夏后時諸侯夷羿國也。从邑，窮省聲。

周封黄帝之後於郪也。从邑，契聲。讀若薊。上谷有郪縣。

炎帝之後，姜姓所封，周棄外家國。从邑，台聲。右扶風斄縣是也。《詩》曰：“即有邰家室。”宋本引《詩》“有邰家室”，無“即”字。

周文王所封，在右扶風美陽中水鄉。从邑，支聲。巨支切。岐郊，或从山，支聲。因岐山以名之也。古文郊。从枝，从山。

周太王國，在右扶風美陽。从邑，分聲。美陽亭，即豳也。民俗以夜市。有豳山。从山，从豩，闕。

右扶風縣。从邑，眉聲。

右扶風郁夷也。从邑，有聲。

右扶風縣名。从邑，雩聲。

夏后同姓所封戰於甘者，在鄠有扈谷甘亭。从邑，户聲。古文扈。从山、𢀳。徐鍇曰："从辰巳之巳。" 段玉裁説："當从户。"

右扶風鄠鄉。从邑，崩聲。沛城父有郻鄉。讀若陪。

右扶風鄠鄉。从邑，且聲。

右扶風鄠鄉盩厔縣。从邑，赤聲。

周文王所都，在京兆杜陵西南。从邑，豐聲。

京兆縣。周厲王子友所封。从邑，奠聲。宗周之滅，鄭徙潧洧之上，今新鄭是也。

左馮翊郃陽縣。从邑，合聲。《詩》曰："在郃之陽。"

京兆藍田鄉。从邑，口聲。

京兆杜陵鄉。从邑，樊聲。

左馮翊縣。从邑，麃聲。

左馮翊郿陽亭。从邑，屠聲。

左馮翊高陵。从邑，由聲。

左馮翊谷口鄉。从邑，季聲。讀若寧。

隴西上邽也。从邑，圭聲。

天水狄部。从邑，音聲。

弘農縣庾地。从邑，豆聲。

河南縣直城門官陌地也。从邑，辱聲。《春秋傳》曰："成王定鼎于郟鄏。"

周邑也。从邑，輂聲。

周邑也。从邑，祭聲。

河南洛陽北亡山上邑。从邑，亡聲。

周邑也。从邑，尋聲。

周邑也，在河内。从邑，希聲。

河内沁水鄉。从邑，軍聲。魯有鄆地。

故商邑，自河内朝歌以北是也。从邑，北聲。

周武王子所封，在河内野王是也。从邑，于聲。又讀若區。

殷諸侯國，在上黨東北。从邑，㸚聲。㸚，古文利。《商書》："西伯戡黎。"

晋邑也。从邑，召聲。

晋邑也。从邑，冥聲。《春秋傳》曰："伐鄍三門。"

晋邢侯邑。从邑，畜聲。

晋之温地。从邑，侯聲。《春秋傳》曰：“争鄇田。”

晋邑也。从邑，必聲。《春秋傳》曰：“晋楚戰于邲。”

晋大夫叔虎邑也。从邑，谷聲。

河東聞喜縣。从邑，非聲。

河東聞喜聚。从邑，虘聲。邑落曰聚。舜所居，一年成聚，二年成邑，三年成都。

河東聞喜鄉。从邑，匡聲。

河東臨汾地，即漢之所祭后土處。从邑，癸聲。

周公子所封，地近河内懷。从邑，幵聲。河内郡懷邑也。今河南懷慶府武陟縣城西南十一里有故懷城。

太原縣名。从邑，烏聲。

太原縣。从邑，示聲。

魏郡縣。从邑，業聲。

鄭地郱亭。从邑，井聲。

趙邯鄲縣。从邑，甘聲。

邯鄲縣。从邑，單聲。

周武王子所封國，在晋地。从邑，旬聲。讀若泓。

清河縣。从邑，俞聲。《史記》吕嬰、欒布皆封俞侯，又田蚡奉邑食鄃。俞，即鄃也。

常山縣，世祖所即位。今爲高邑。从邑，高聲。

鉅鹿縣。从邑，梟聲。

涿郡縣。从邑，莫聲。

北地郁郅縣。从邑，至聲。

北方長狄國也。在夏爲防風氏，在殷爲汪芒氏。从邑，安聲。《春秋傳》曰：“鄋瞞侵齊。”

炎帝大嶽之胤，甫侯所封，在潁川。从邑，𣞤聲。讀若許。

潁川縣。从邑，亢聲。

潁川縣。从邑，匽聲。

潁川縣。从邑，夾聲。

新郪汝南縣。从邑，妻聲。

姬姓之國，在淮北。从邑，息聲。今汝南新鄎。

汝南邵陵里。从邑，自聲。讀若奚。

汝南鮦陽亭。从邑，旁聲。

蔡邑也。从邑，臭聲。《春秋傳》曰：“郹陽封人之女奔之。”

曼姓之國。今屬南陽。从邑，登聲。

鄧國地也。从邑，憂聲。《春秋傳》曰：“鄧南鄙鄾人攻之。”

南陽淯陽鄉。从邑，号聲。

南陽棗陽鄉。从邑，巢聲。

今南陽穰縣是。从邑，襄聲。

南陽穰鄉。从邑，婁聲。

南陽西鄂亭。从邑，里聲。

南陽舞陰亭。从邑，羽聲。

故楚都，在南郡江陵北十里。从邑，呈聲。郢，或省。

南郡縣。孝惠三年改名宜城。从邑，焉聲。

江夏縣。从邑，黽聲。

南陽陰鄉。从邑，葛聲。

江夏縣。从邑，𡚁聲。

南陽縣。从邑，己聲。

江夏縣。从邑，朱聲。

漢南之國。从邑，員聲。漢中有鄖關。

南夷國。从邑，庸聲。

蜀縣也。从邑，卑聲。

蜀江原地。从邑，壽聲。

蜀地也。从邑，耤聲。

蜀廣漢鄉也。从邑，蔓聲。

什邡廣漢縣也。从邑，方聲。

存鄢犍爲縣。从邑，馬聲。

牂牁縣。从邑，敝聲。讀若鷩雉之鷩。

地名。从邑，包聲。

西夷國。从邑，丯聲。安定有朝那縣。

鄱陽豫章縣。从邑，番聲。

長沙縣。从邑，霝聲。

桂陽縣。从邑，林聲。

今桂陽郴陽縣。从邑，耒聲。

會稽縣。从邑，貿聲。

會稽縣。从邑，堇聲。

沛縣。从邑，巿聲。

宋下邑。从邑，丙聲。

沛國縣。从邑，虘聲。

地名。从邑，少聲。

地名。从邑，臣聲。

宋地也。从邑，㲋聲。讀若讒。

宋魯閒也。从邑，晋聲。

周文王子所封國。从邑，告聲。

衛地。今濟陰鄄城。从邑，垔聲。

邛地，在濟陰縣。从邑，工聲。

祝融之後，妘姓所封，潧洧之間。鄭滅之。从邑，會聲。

鄭邑也。从邑，元聲。

鄭地。从邑，延聲。

琅邪莒邑。从邑，更聲。《春秋傳》曰："取郠。"

妘姓之國。从邑，禹聲。《春秋傳》曰："鄅人籍稻。"讀若規榘之榘。

魯縣，古邾國，帝顓頊之後所封。从邑，芻聲。

邾下邑地。从邑，余聲。魯東有𨛦城。讀若涂。

附庸國，在東平亢父邿亭。从邑，寺聲。《春秋傳》曰："取邿。"

魯下邑，孔子之鄉。从邑，取聲。

魯孟氏邑。从邑，成聲。

周公所誅䣍國，在魯。从邑，奄聲。

魯下邑。从邑，雚聲。《春秋傳》曰："齊人來歸酄。"

魯亭也。从邑，良聲。

奚仲之後，湯左相仲虺所封國，在魯辥縣。从邑，丕聲。

紀邑也。从邑，章聲。

國也，今屬臨淮。从邑，干聲。一曰邗。本屬吳。

臨淮徐地。从邑，義聲。《春秋傳》曰："徐𨟻楚。"

東平無鹽鄉。从邑，后聲。

東海縣，帝少昊之後所封。从邑，炎聲。

東海縣，故紀侯之邑也。从邑，吾聲。

東海之邑。从邑，巂聲。

姒姓國，在東海。从邑，曾聲。

琅邪郡。从邑，牙聲。

琅邪縣。一名純德。从邑，夫聲。

齊地也。从邑，桼聲。

齊之郭氏虚，善善不能進，惡惡不能退，是以亡也。从邑，䧹聲。

齊地。从邑，兒聲。《春秋傳》曰：“齊高厚定郳。”

郭海地。从邑，孛聲。一曰地之起者曰郣。徐鉉曰：“今俗作渤，非是。”

國也，齊桓公之所滅。从邑，覃聲。徐鉉曰：“今作譚，非是。《説文》注義有譚長，疑後人傳寫之誤。”

地名。从邑，句聲。

陳留鄉。从邑，亥聲。

故國，在陳留。从邑，𢦔聲。

地名。从邑，燕聲。

地名。从邑，丘聲。

地名。从邑，如聲。

地名。从邑，丑聲。

地名。从邑，几聲。隸變作阣。

地名。从邑，翕聲。

地名。从邑，求聲。

地名。从邑，嬰聲。

地名。从邑，尚聲。

地名。从邑，并聲。

地名。从邑，虖聲。

地名。从邑，火聲。

地名。从邑，翏聲。

地名。从邑，爲聲。

地名。从邑，屯聲。徐鉉曰：“今俗作村，非是。”

地名。从邑，舍聲。

地名。从邑，盍聲。

地名。从邑，乾聲。

地名。从邑，畬聲。讀若淫。

地名。从邑，山聲。

地名，从邑，臺聲。臺，古堂字。

姬姓之國。从邑，馮聲。

汝南安陽鄉。从邑，鼤省聲。

汝南上蔡亭。从邑，甫聲。

南陽縣。从邑，麗聲。

地名。从邑，譽聲。

國離邑，民所封鄉也。嗇夫别治。封圻之内六鄉，六卿治之。从䢸，皀聲。離，析也。析國之地爲鄉，使嗇夫分治之。漢制，鄉有三老，有秩、嗇夫、游徼。三老掌教化；嗇夫職聽訟，收賦税；游徼循禁盜賊。《周禮》："天子圻内六鄉，鄉老：二鄉，公一人。鄉大夫：每鄉卿一人。"

日頗見也。从旦，既聲。頗猶偏也，謂不全見也。《公羊傳》曰："會、及、暨，皆與也。暨，猶暨暨也。及，我欲之。暨，不得已。"《尔疋·釋訓》："暨，不及也。"頗見，不及見。

日始出，光倝倝也。从旦，㫃聲。凡倝之屬皆从倝。舊讀古案切。《詩》"暵其乾矣"是。

闕。宋刻鉉本如是"鍇本有旦从三日在㫃中"七字。段玉裁據《汗簡》朝作"𠦝"、翰作"𩙿"定爲倝之籒文，然鄦書部末不言有重文。

旦也。从倝，舟聲。

龜蛇四游，以象營室，游游而長。从㫃，兆聲。《周禮》曰："縣鄙建旐。"

熊旗五游，以象罰星，士卒以爲期。从㫃，其聲。《周禮》曰："率都建旗。"

繼旐之旗也，沛然而埀。从㫃，朩聲。

游車載旌，析羽注旄首，所以精進士卒。从㫃，生聲。

錯革畫鳥其上，所以進士衆。旟，衆也。从㫃，與聲。《周禮》曰：“州里建旟。”

旗有衆鈴，以令衆也。从㫃，斤聲。

導車所以載，全羽以爲允，夂，進也。从㫃，遂聲。九即狁狁進也。《易》曰：“狁升大吉。” 旞，或从遺。

建大木，置石其上，發以機，以追敵也。从㫃，會聲。《春秋傳》曰：“旝動而鼓。”《詩》曰：“其旝如林。”小徐本作槌敵。或謂旝亦旌旗也，建於發石車上。

旗曲柄也，所以旃表士衆。从㫃，丹聲。《周禮》曰：“通帛爲旃。” 旃，或从亶。

旌旗之旒也。从㫃，攸聲。

旗屬。从㫃，要聲。

旗皃。从㫃，也聲。齊欒施字子旗，知施者，旗也。

旗旖施也。从㫃，奇聲。

旌旗旟繇也。从㫃，與聲。

旌旗飛揚皃。从㫃，猋聲。

旌旗之旒也。从㫃，汓聲。 古文游。从辵孚。古文汓省也。俗作遊。

旌旗披靡也。从㫃，皮聲。

幅胡也。从㫃，番聲。徐鉉曰：“胡，幅之下垂者也。”段玉裁據《韵會》訂作幡胡，謂甂瓳、繁廡、璠瑚，皆古語。案：旛，幅胡下垂，游移不定，因爲俗語。今湘潭人常言幔胡盧，即此“旛，幅胡”之意與？

幽也。从日，从六，冖聲。日數十。十六日而月始虧幽也。凡冥之屬皆从冥。

冥也。从冥，黽聲。讀若黽蛙之黽。

萬物之精，上爲列星。从晶，生聲。一曰象形。从○，古○，復注中，故與日同。不言从三○，蓋謂下星也。古文曐。不注中者，但从三○以象之，不从晶。曐，或省。謂省晶也。“一曰象形。从○，古○，復注中，與日同。”當在此下。

商星也。从晶，㐱聲。曑，或省。

房星，爲民田時者。从晶，辰聲。曟，或省。

不宜有也。《春秋傳》曰：“日月有食之。”从月，又聲。凡有之屬皆从有。

有文章也。从有，惑聲。

兼有也。从有，龍聲。讀若聾。

翌也。从明，亡聲。今俗作忙。

舍也，天下休舍也。从夕，亦省聲。

不明也。从夕，瞢省聲。今假作寱寐字。

敬愓也。从夕，寅聲。《易》曰："夕愓若夤。"籀文夤。

雨而夜除星見也。从夕，生聲。徐鉉曰："今俗别作晴，非是。"

宗也。从夕，莫聲。

齊謂多爲夥。从多，果聲。

大也。从多，圣聲。

獲也。从毌，从力，虍聲。

木生條也。从马，由聲。《商書》曰："若顛木之有甹枿。"古文言由枿。徐鍇曰："《説文》無由字。今《尚書》只作由枿，蓋古文省马，而後人因省之，通用爲因由等字，从马，上象枝條華函之形。"徐鉉曰："孔安國注《尚書》，直訓由作用也。用枿之語不通。"案，鄦書本有由，鍇等不識耳。說見《會意篇》。

艸木蕚甬甬然也。从马，用聲。

束也。从束，韋聲。徐鍇曰："言束之象木蕚實之相累也。"

等也。从㿽，妻聲。

判也。从片，反聲。

判也。从片，畐聲。

書版也。从片，賣聲。

札也。从片，枼聲。

牀版也。从片，扁聲，讀若邊。

築牆短版也。从片，俞聲。讀若俞。一曰若紐。

穄也。从黍，麻聲。

黍屬。从黍，卑聲。

相箸也。从黍，占聲。

黏也。从黍，古聲。黏，或从米。俗作糊。

黏也。从黍，日聲。《春秋傳》曰：“不義不䵒。”䵒，或从刃。《考工記·弓人》：“凡昵之類不能方。”故書昵，或作樴。杜子春云：“樴，讀爲不義不昵之昵，或爲䵒。䵒，黏也”。今《左傳》作暱。昵，或暱字。

履黏也。从黍，㓞省聲。㓞，古文利。作履，黏以黍米。

治黍禾豆下潰葉。从黍，畐聲。

香之遠聞者。从香，殸聲。殸，籀文磬。

糲米一斛舂爲九斗曰毇。从毇，丵聲。

未練治纑也。从麻，後聲。徐鉉曰：“後非聲。疑復字譌，當从復省乃得聲。”案，後古音近復。《詩·大雅》垢與谷韵，不必如徐所説。

麻藍也。从麻，取聲。

檾屬。从麻，俞聲。

匏也。从瓜，夸聲。凡瓠之屬皆从瓠。

蠡也。从瓠省，㷼聲。

居也。从宀，豭省聲。古文家。

所託也。从宀，乇聲。古文宅。亦古文宅。

天子宣室也。从宀，亘聲。

養也。室之東北隅，食所居。从宀，𦣝聲。

户樞聲也。室之東南隅。从宀，𡇒聲。

宛也。室之西南隅。从宀，𢍏聲。徐鉉曰：“釆非聲，未詳。”案，𢍏讀若書卷，則奥宜與宛聲近。宛、奥雙聲，本相轉也。

屈艸自覆也。从宀，夗聲。宛，或从心。

屋守也。从宀，辰聲。

屋邊也。从宀，于聲。《易》曰：“上棟下宇。”籒文宇，从禹。

大屋也。从宀，豐聲。《易》曰：“寷其，屋。”

周垣也。从宀，奂聲。寏，或从𨸏，完聲。

屋深響也。从宀，厷聲。

屋響也。从宀，弘聲。

屋皃。从宀，爲聲。

屋㝩㝗也。从宀，康聲。

㝩也。从宀，良聲。徐鉉本有“音良。又力康切”六字，或誤又爲久，遂以“音良久”爲鄦注，非也。《方言》：“㝩，空也。”郭注：“㝩㝗，空皃。”

屋所容受也。从宀，成聲。

止也。从宀，是聲。①

安也。从宀，必聲。

静也。从宀，契聲。

安也。从宀，晏聲。

無人聲。从宀，尗聲。宋，或从言。

至也。从宀，親聲。

全也。从宀，元聲。古文㠯爲寬字。

備也。一曰厚也。从宀，畐聲。

藏也。从宀，𤓽聲。𤓽，古文保。《周書》曰："陳宲赤刀。"

𡪫𡪫，不見也。一曰𡪫𡪫，不見省人。从宀，𦏧聲。

珍也。从宀，从玉，从貝，缶聲。古文寶，省貝。

羣居也。从宀，君聲。

尊居也。从宀，龍聲。

寬也。从宀，有聲。

所安也。从宀之下，一之上，多省聲。古文宜。亦古文宜。

置物也。从宀，㠯聲。

夜也。从宀，宀下冥也。肖聲。

---

① 聲，原作"也"，據《説文》改。

止也。从宀，佰聲。佰，古文夙。

臥也。从宀，𠬶聲。籒文寑省。

冥合也。从宀，丏聲。讀若《周書》“若藥不眄眩”。

屋寬大也。从宀，莧聲。

寤也。从宀，吾聲。

居之速也。从宀，疌聲。

寄也。从宀，各聲。

託也。从宀，奇聲。

寄也。从宀，禺聲。寓，或从广。

無禮居也。从宀，婁聲。

貧病也。从宀，久聲。《詩》曰：“煢煢在㝌。”

傷也。从宀，从口。宀、口，言从家起也。丰聲。

入家搜也。从宀，索聲。

窮也。从宀，𥨊聲。𥨊與𥳑同。竆，或从穴。

姦也。外爲盗，内爲宄。从宀，九聲。讀若軌。古文宄。亦古文宄。亂在内，故从宀。

塞也。从宀，𣪠聲。讀若《虞書》曰“𡨄三苗之𡨄”。

過也。一曰洞屋。从宀，碭省聲。汝南有項宕鄉。

屋傾下也。从宀，執聲。

宗廟宔祏。从宀，主聲。

舟輿所極覆也。从宀，由聲。

室也。从宀，躳省聲。凡宮之屬皆从宮。

市居也。从宮，熒省聲。

土室也。从宀，八聲。凡穴之屬皆从穴。

北方謂地空因以爲土穴爲盗户。从穴，皿聲。讀若猛。

地室也。从穴，音聲。

燒瓦竈也。从穴，羔聲。

地室也。从穴，復聲。《詩》曰：“陶復陶穴。”

炊竈也。从穴，鼀省聲。竈，或不省。

甑空也。从穴，圭聲。

穿也。从穴，尞聲。《論語》有公伯寮。

穿也。从穴，决省聲。

空也。从穴，瀆省聲。

空皃。从穴，矞聲。

空也。穴中曰窠，樹上曰巢。从穴，果聲。

通孔也。从宀，悤聲。

污衺，下也。从穴，瓜聲。

空也。从穴，敫聲。

竅也。从穴，工聲。

空也。从穴，至聲。《詩》曰：“瓶之窒矣。”

空大也。从穴，乙聲。

污窬也。从穴，瓜聲。朔方有窊渾縣。

窖也。从穴，丣聲。

地藏也。从穴，告聲。

穿木户也。从穴，俞聲。一曰空中也。

窵窅，深也。从穴，鳥聲。

小視也。从穴，規聲。

穴中見也。从穴，叕聲。

塞也。从穴，真聲。

塞也。从穴，至聲。

从穴中卒出。从穴，卒聲。

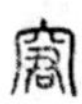迫也。从穴，君聲。

深肆極也。从穴，兆聲。讀若挑。

窮也。从穴，弓聲。

窮也。从穴，九聲。

極也。从穴，躳聲。

冥也。从穴，皀聲。

窅窔，深也。从穴，交聲。

深遠也。从穴，遂聲。

深遠也。从穴，幼聲。

杳窱也。从穴，條聲。

穿地也。从穴，毳聲。一曰小鼠。《周禮》曰："大喪甫竁。"

葬下棺也。从穴，乏聲。《周禮》曰："及窆執斧。"

葬之厚夕。从穴，屯聲。《春秋傳》曰："窀穸从先君於地下。"

窀穸也。从穴，夕聲。

人衇刺穴謂之窜。从穴，甲聲。

寐而有覺也。从宀，从疒，夢聲。《周禮》以日月星辰占六㝱之吉凶，一曰正㝱，二曰罸㝱，三曰思㝱，四曰悟㝱，五曰喜㝱，六曰懼㝱。凡㝱之屬皆从㝱。

病臥也。从㝱省，㝱省聲。

臥也。从㝱省，未聲。

寐覺而有信曰寤[1]。从㝱省，吾聲。一曰晝見而夜㝱也。籀文寤。

楚人謂寐曰㝱。从㝱省，女聲。

寐而未厭。从㝱省，米聲。

---

① 寤，原作"寐"，據《説文》改。

孰寐也。从㝱省，水聲。讀若悸。

卧驚病也。从㝱省，丙聲。

瞑言也。从㝱省，臬聲。

病也。从疒，矢聲。古文疾。籀文疾。

病也。从疒，甬聲。

疾加也。从疒，丙聲。

病也。从疒，鬼聲。《詩》曰：“譬彼瘣木。”一曰腫旁出也。

病也。从疒，可聲。《五行傳》曰：“時即有口痾。”

病也。从疒，甫聲。《詩》曰：“我僕痡矣。”

病也。从疒，堇聲。

病也。从疒，祭聲。

病也。从疒，真聲。一曰腹脹。

病也。从疒，莫聲。

腹中急也。从疒，丩聲。

病也。从疒，員聲。

病也。从疒，間聲。

病也。从疒，出聲。

病也。从疒，此聲。

固病也。从疒，發聲。

病也。从疒，者聲。《詩》曰：“我馬瘏矣。”

病也。从疒，從聲。

寒病也。从疒，辛聲。

頭痛也。从疒，或聲。讀若溝洫之洫。

酸痟頭痛。从疒，肖聲。《周禮》曰：“春時有痟首疾。”

頭瘍也。从疒，匕聲。

頭創也。从疒，昜聲。

瘍也。从疒，羊聲。

目病。一曰惡气箸身也，一曰蝕創。从疒，馬聲。

散聲。从疒，斯聲。

口咼也。从疒，爲聲。

瘍也。从疒，决省聲。

不能言也。从疒，音聲。

頸瘤也。从疒，嬰聲。

頸腫也。从疒，婁聲。

顫也。从疒，又聲。

積血也。从疒，於聲。

腹痛也。从疒，山聲。

小腹病。从疒，肘省聲。

滿也。从疒，㬎聲。

俛病也。从疒，付聲。

曲脊也。从疒，句聲。

气不定也。从疒，季聲。

風病也。从疒，非聲。

腫也。从疒，畱聲。

小腫也。从疒，坐聲。一曰族絫。徐鉉曰：“今别作瘯蠡，非是。”案，《左傳》“牲不疾瘯蠡”，即此族絫也。杜注以“皮毛無疥癬”釋之。

癰也。从疒，且聲。

癰也。从疒，麗聲。一曰瘦黑。讀若隸。

腫也。从疒，雝聲。

寄肉也。从疒，息聲。

乾瘍也。从疒，鮮聲。

搔也。从疒，介聲。

疥也。从疒，加聲。

女病也。从疒，叚聲。

惡疾也。从疒，蠆省聲。

有熱瘧。从疒，占聲。《春秋傳》曰：“齊侯疥遂痁。”

二日一發瘧。从疒，亥聲。

疝病。从疒，林聲。

後病也。从疒，寺聲。

痹也。从疒，委聲。

溼病也。从疒，畀聲。

足气不至也。从疒，畢聲。

中寒腫覈。从疒，豖聲。

半枯也。从疒，扁聲。

脛气足腫。从疒，童聲。《詩》曰：“既微且瘇。”籀文。从尣。

跛病也。从疒，盍聲。讀若脅，又讀若掩。

毆傷也。从疒，只聲。

疻痏也。从疒，有聲。

創裂也。一曰疾瘍。从疒，巂聲。

皮剥也。从疒，冄聲。徐鍇本有“讀若枏。又讀若襜”七字。籀文。从及。

痛也。从疒，農聲。

傷也。从疒，夷聲。

痍也。从疒，般聲。

胝瘢也。从疒，艮聲。

彊急也。从疒，巠聲。

動病也。从疒，蟲省聲。

臞也。从疒，妟聲。

勞病也。从疒，單聲。

黃病也。从疒，旦聲。

病息也。从疒，夾聲。

痛也。从疒，否聲。

脈瘍也。从疒，易聲。

狂走也。从疒，术聲。讀若欻。

勞也。从疒，皮聲。

瘕也。从疒，朿聲。

病也。从疒，氏聲。

病劣也。从疒，及聲。

劇聲也。从疒，殹聲。

罷病也。从疒，隆聲。籀文癃省。

民皆疾也。从疒，役省聲。

小兒瘛瘲病也。从疒，恝聲。徐鉉曰："《説文》無恝字，疑从疒，从心，契省聲。"

馬病也。从疒，多聲。《詩》曰："痑痑駱馬。"

馬脛瘍也。从疒，兑聲。一曰將傷。

治也。从疒，樂聲。或从尞。

久病也。从疒，古聲。

楚人謂藥毒曰痛瘌。从疒，剌聲。

朝鮮謂藥毒曰癆。从疒，勞聲。

瘉也。从疒，差聲。

減也。从疒，衰聲。一曰耗也。

病瘳也。从疒，俞聲。徐鉉曰：“今别作愈，非是。”

疾瘉也。从疒，翏聲。

不慧也。从疒，疑聲。

奠爵酒也。从宀，託聲。《周書》曰：“王三宿三祭三託。”

大夫以上冠也。邃延、垂瑬、紞纊。从冃，免聲。古者黄帝初作冕。紞，所以縣瑱也。鄦説紞系於延左右。《左氏傳》云：“衡紞紘綖，昭其度也。”是冕有衡筓，所以系紞。絻冕，或从糸。

兜鍪也。从冃，由聲。䩜《司馬法》胄从革。

反覆也。从襾，乏聲。今作泛。《武帝紀》“泛賀之馬”，師古曰：“泛本作覂，後通用耳。”

實也。考事，襾笮邀遮，其辭得實曰覈。从襾，敫聲。覈，或从雨。

覂也。一曰蓋也。从襾，復聲。謂覆蓋者，本别一義。

楚謂大巾曰帉。从巾，分聲。《内則》：“左佩紛帨。”注謂拭物之佩巾。《釋文》：“粉或作帉。”

佩巾也。从巾，𠂤聲。大徐本奪聲字，巾𠂤義無可説，知非會意。今叚作逵、衛、率。帥，或从兑，亦兑聲。

禮巾也。从巾，執聲。小徐本如是。大徐本作从執。段玉裁據《廣雅》改篆體作𢅏。

一幅巾也。从巾，犮聲。讀若撥。巾廣二尺二寸爲一幅。《周禮》翇舞或假帗爲之。

枕巾也。从巾，刃聲。

覆衣大巾。从巾，般聲。或以爲首𢄼。謂大巾可覆首者，今呼搭腦帕。𢄼、帕聲轉。

巾帤也。从巾，如聲。一曰幣巾。

帛也。从巾，敝聲。

布帛廣也。从巾，畐聲。

設色之工，治絲練者。从巾，巟聲。一曰㡃隔。讀若荒。

髮有巾曰幘。从巾，責聲。

領耑也。从巾，旬聲。

弘農謂帬帔也。从巾，皮聲。

下帬也。从巾，尚聲。常，或从衣。

下裳也。从巾，君聲。帬，或从衣。

帬也。一曰帗也，一曰婦人脅衣。从巾，㦰聲。讀若末殺之殺。

幒也。从巾，軍聲。幒，或从憚。

幝也。从巾，悤聲。一曰帗。幒，或从松。

楚謂無緣衣也。从巾，監聲。

幔也。从巾，冥聲。《周禮》有幎人。

幕也。从巾，曼聲。

禪帳也。从巾，咼聲。

帷也。从巾，兼聲。

在旁曰帷。从巾，隹聲。古文帷。

張也。从巾，長聲。

帷在上曰幕，覆食案亦曰幕。从巾，莫聲。

幓裂也。从巾，匕聲。

殘帛也。从巾，祭聲。

正耑裂也。从巾，俞聲。

帛書署也。从巾，占聲。

書衣也。从巾，失聲。帙，或从衣。

幡幟也。从巾，歬聲。

幟也。以絳徽帛箸於背。从巾，微省聲。《春秋傳》曰：“揚徽者公徒。”

幟也。从巾，輿聲。

幡也。从巾，夗聲。

書兒拭觚布也。从巾，番聲。

刜也。从巾，刺聲。

拭也。从巾，韱聲。

車弊皃。从巾，單聲。《詩》曰："檀車幝幝。"

蓋衣也。从巾，冡聲。

蓋幭也。从巾，蔑聲。一曰禪被。

覆也。从巾，無聲。

刷也。从巾，从人，食聲。讀若式。一曰襐飾。

囊也。从巾，韋聲。

囊也。今鹽官三斛爲一𢄼。从巾，𥝢聲。

囊也。从巾，塍聲。

以囊盛穀太滿而裂也。从巾，奮聲。

載米䶬也。从巾，盾聲。讀若《易》屯卦之屯。

蒲席䶬也。从巾，及聲。讀若蛤。

馬纏鑣扇汗也。从巾，賁聲。《詩》曰："朱幩鑣鑣。"

墀地以巾撋之。从巾，夒聲。讀若水温䰒也。一曰箸也。段本改篆作[illegible]，云𡕥聲。

金幣所藏也。从巾，奴聲。

枲織也。从巾，父聲。隸作布。

南郡蠻夷賨布。从巾，家聲。賨者，南蠻賦也。輸布八丈二尺爲幏布。幏，亦賨也。

布出東萊。从巾，弦聲。

鬃布也。一曰車衡上衣。从巾，敄聲。讀若項。

鬃布也。从巾，辟聲。《周禮》曰："駹車犬幦。"

領耑也。从中，耴聲。

士無市有韐。制如榼，缺四角。爵弁服，其色韎，賤不得與裳同。司農曰："裳纁色。"从市，合聲。《毛詩》 "韎韐"，《傳》："茅蒐染韋，一入曰韎韐，所以代韠也。"韎色淺赤，故或疑此注"賤不"二字爲"淺赤"之譌。纁，淺絳也，三入爲纁，故引司農言纁裳，是得與裳同。此葢鄭司農《禮》注文。韐，或从韋。

繒也。从巾，白聲。凡帛之屬皆从帛。

襄色織文。从帛，金聲。

月之帛也。从白，交聲。《詩》曰："月出皎兮。"

日之白也。从白，堯聲。

人色白也。从白，析聲。

老人白也。从白，番聲。《易》曰："賁如皤如。"皤，或从頁。

鳥之白也。从白，隺聲。

霜雪之白也。从白，豈聲。

艸蕐之白也。从白，巴聲。

玉石之白也。从白，敫聲。

合五采鮮色。从黹，虘聲。《詩》曰："衣裳黼黼。"

白與黑相次文。从黹，甫聲。

黑與青相次文。从黹，友聲。

會五采繒也。从黹，卒聲。大、小徐本作"从綷省聲"。又"也"字本作"色"，今依《廣韵》訂。

未定也。从匕，矣聲。矣，古文矢字。《禮》疑立注謂"仡然自定之皃"。鄦於矢下無矣。

匕也。从匕，是聲。

頃也。从匕，支聲。匕，頭頃也。《詩》曰："跂彼織女。"

相從也。从从，幵聲。一曰从持二爲并。隸作并。段據《韵會》本作"从持二干爲幷"。

慎也。从比，必聲。《周書》曰："無毖于卹。"

北方州也。从北，異聲。

大丘也。崐崘丘謂之崐崘虛。古者九夫爲井，四井爲邑，四邑爲丘，丘謂之虛。从丘，虍聲。徐鉉曰："今俗别作墟，非是。"

反頂受水丘也。从丘，泥省聲。《尔疋·釋丘》曰："水潦所止泥丘。"《釋文》曰："字又作屔。"

會也。从㐺，取聲。邑落云聚。

衆詞與也。从㐺，自聲。《虞書》曰："臮咎繇。"今作曁。

古文臮。

稱輕重也。从重省，曏省聲。古文量。

臨下也。从臥，峪省聲。古文監，从言。

監臨也。从臥，品聲。

體也。从身，區聲。

裘裹也。从裘，鬲聲。以毛爲表，以布爲其裹。鬲之猶言隔也，不使革害衣也。

老也。从老省，旨聲。

老人面凍黎若垢。从老省，句聲。

老人面如點也。从老省，占聲。讀若耿介之耿。

久也。从老省，𠷎聲。

老也。从老省，丂聲。

毛盛也。从毛，隼聲。《虞書》曰："鳥獸𣯥髦。"

獸豪也。从毛，倝聲。

仲秋鳥獸毛盛，可選取以爲器用。从毛，先聲。讀若選。

以毳爲𦇫，色如虋，故謂之𣰽。虋，禾之赤苗也。从毛，㒼聲。《詩》曰："毳衣如𣰽。"

燃毛也。从毛，亶聲。

毛紛紛也。从毳，非聲。

偫也。从尸，奠聲。偫，儲偫也。凡留以有待者爲屢。今衡人言待竢、儲偫，皆爲屢。

動作切切也。从尸，㑅聲。

轉也。从尸，㚏省聲。

行不便也。一曰極也。从尸，凷聲。

髀也。从尸，九聲。

尻也。从尸，旨聲。

從後近之。从尸，匕聲。尼訓近，故古以爲親暱字。《高宗肜日》曰："典祀無豐于尼。"

屆㞙也。从尸，乏聲。

伏皃。从尸，辰聲。一曰屋宇。

屖遲也。从尸，辛聲。

履也。从尸，非聲。

㓹也。从尸，者聲。

履中，薦也。从尸，枼聲。

屏蔽也。从尸，并聲。

重屋也。从尸，曾聲。

中婦人手，長八寸謂之咫。周尺也。从尺，只聲。

連也。从尾，蜀聲。

無尾也。从尾，出聲。

履也。从履省，婁聲。一曰鞮也。

履下也。从履省，歷聲。

履屬。从履省，予聲。

屐也。从履省，喬聲。

屩也。从履省，支聲。

方舟也。从方，亢聲。《禮》：天子造舟，諸侯維舟，大夫方舟，士特舟。今俗别作航，非。

秃皃。从秃，貴聲。今俗作穨。《詩》曰：“我馬虺穨。”今《毛詩》作“虺隤”，《玉篇》引作“虺僓”。

求也。从見，麗聲。讀若池。

好視也。从見，委聲。

旁視也。从見，兒聲。

好視也。从見，𤔔聲。

笑視也。从見，录聲。

大視也。从見，爰聲。

察視也。从見，𡗜聲。讀若鐮。𡗜，从入二爲羊之羊，爲聲。篆當从𡗜。此葢羌省也。《高帝紀》“廉問”，師古注曰：“廉，察也。”字本作覝。

外博衆多視也。从見，員聲。讀若運。

諦視也。从見，雚聲。古文觀。从囧。

内視也。从見，來聲。

顯也。从見，是聲。

目有察省見也。从見，票聲。

覟覰，闚觀也。从見，朿聲。闚觀者，以頭於門中竊觀也，謂之爲覟。今衡語猶然。

拘覰，未致密也。从見，虘聲。有隙乃可以覰，故爲未致密。因爲覰伺，叚作狙司。

小見也。从見，冥聲。《爾雅》曰："覭髳弗離。"

内視也。从見，甚聲。

遇見也。从見，冓聲。

注目視也。从見，歸聲。

窺也。从見，占聲。《春秋傳》曰："公使覘之信。"

司也。从見，微聲。

暫見也。从見，炎聲。《春秋公羊傳》曰："覢然公子陽生。"

暫見也。从見，賓聲。

䚊覾也。从見，樊聲。讀若幡。

病人視也。从見，氐聲。讀若迷。

下視深也。从見，鹵聲。讀若攸。

私出頭視也。从見，彤聲。讀若郴。

钦㚔也。从見，豈聲。

欲也。从見，俞聲。

視不明也。一曰直視。从見，春聲。

視誤也。从見，侖聲。

寤也。从見，學省聲。一曰發也。

目赤也。从見，䀠省聲。徐鉉曰：“䀠非聲，未詳。”

召也。从見，青聲。

至也。从見，亲聲。

諸侯秋朝曰覲，勞王事。从見，堇聲。

諸侯三年大相聘曰頫。頫，視也。从見，兆聲。

擇也。从見，毛聲。讀若苗。

蔽不相見也。从見，必聲。

司人也。从見，它聲。讀若馳。

目蔽垢也。从見，𦥔聲。讀若兜。

很視也。从覞，肩聲。齊景公之勇臣有成覵者。

欠皃。从欠，金聲。

欠皃。从欠，䜌聲。

喜也。从欠，吉聲。

吹也。一曰笑意。从欠，句聲。

温吹也。从欠，虖聲。

吹气也。从欠，或聲。

安气也。从欠，與聲。

翕气也。从欠，脅聲。

吹气。从欠，賁聲。

息也。一曰气越泄。从欠，曷聲。

喜樂也。从欠，雚聲。

笑喜也。从欠，斤聲。

笑不壞顔曰弞。从欠，引省聲。

㐭也。从欠，气聲。一曰口不便言。

貪欲也。从欠，谷聲。

詠也。从欠，哥聲。歌，或从言。

口气引也。从欠，耑聲。讀若車輇。

心有所惡若吐也。从欠，烏聲。一曰口相就。口與口相就爲歍。衡人呼爲歍食。

歍歡也。从欠，鼀聲。歍歡，本古語，凡心有所惡若欲吐者，謂之歍歡。衡語猶然。俗歡。从口，从就。此後起俗字，因有“口相就”之義而附會之。

愵然也。从欠，尗聲。《孟子》曰：“曾西叔然。”

含笑也。从欠，今聲。

人相笑相歋瘉。从欠，虒聲。《後漢書・王霸傳》“市人皆大笑，舉手邪揄之”，注引此。

有所吹起。从欠，炎聲。讀若忽。

蚩蚩，戲笑皃。从欠，㞢聲。俗作嗤。又作㰯。

歙歙，气出皃。从欠，䍃聲。

吟也。从欠，肅聲。《詩》曰：“其歗也謌。”徐鉉曰：“口部有此，籒文嘯字，此重出。”

吟也。从欠，鶾省聲。籒文歎。不省。

訾也。从欠，矣聲。

歐也。从欠，此聲。

吐也。从欠，區聲。

欷也。从欠，虚聲。一曰出气也。

歔也。从欠，稀省聲。

盛气怒也。从欠，蜀聲。

欲歓也。从欠，渴聲。

所謌也。从欠，噭省聲。讀若叫呼之叫。

悲意。从欠，嗇聲。

盡酒也。从欠，糕聲。

監持意，口閉也。从欠，緘聲。監持，猶堅持也。《篇韵》引此注作“堅持”。

指而笑也。从欠，辰聲。讀若蜃。

昆干，不可知也。从欠，鰥聲。《篇韵》引此注作“鰍干”，蓋鱖干本古語，昆本作[illegible]。

歠也。从欠，臿聲。《春秋傳》曰：“歃而忘。”

吮也。从欠，束聲。含吸之也。俗加水旁作潄。

食不滿也。从欠，甚聲。讀若坎。

欲得也。从欠，臽聲。讀若貪。

歠也。从欠，合聲。

歉食不滿。从欠，兼聲。

咽中息不利也。从欠，骨聲。

嚘也。从欠，因聲。

屰气也。从欠，亥聲。

且唾聲。一曰小笑。从欠，毄聲。

縮鼻也。从欠，翕聲。丹陽有歙縣。

蹴鼻也。从欠，咎聲。讀若《爾雅》曰：“麐豭短脰。”

愁皃。从欠，幼聲。徐鉉曰：“口部呦字，或作㓜欠，此重出。”

咄欪，無慙。一曰無腸意。从欠，出聲。讀若中。

不前，不精也。从欠，二聲。古文次。

飢虛也。从欠，康聲。

詐欺也。从欠，其聲。

神食气也。从欠，音聲。

歠也。从欠，酓聲。凡㱃之屬皆从㱃。古文㱃。从今、水，今聲也。古者㱃水，故从水。古文㱃。从今、食。

㱃也。从㱃省，叕聲。歠，或从口，从夬。

歠也。从㳄，厂聲。讀若移。

屰惡驚詞也。从旡，咼聲。讀若楚人名多夥。

事有不善言𣄴也。《爾雅》曰：“𣄴，薄也。”从旡，京聲。徐鉉曰：“今俗隸書作亮。亮，明也。與此義別。”鉉説非是。今《爾雅》無“𣄴薄”之文。《廣雅·釋詁》：“𣄴，䙏也。”

首也。从頁，豆聲。

眉目之間也。从頁，彥聲。籀文。

皃也。从頁，公聲。籀文。

顱也。从頁，乇聲。

頊顱，首骨也。从頁，盧聲。

顛頂也。从頁，㬥聲。

頂也。从頁，真聲。

顛也。从頁，丁聲。或从𩑋、丁。籀文。从鼎。

頟也。从頁，桑聲。

頟也。从頁，是聲。

顙也。从頁，各聲。徐鉉曰：“今俗作額。”

鼻莖也。从頁，安聲。或从鼻曷。

權也。从頁，𢍰聲。𢍰，从艸，肉聲。讀如逵。

面旁也。从頁，夾聲。籀文。从𡿺。

頰後也。从頁，㫐聲。

顄也。从頁，合聲。

頤也。从頁，圅聲。

頸莖也。从頁，巠聲。

項也。从頁，令聲。

頭後也。从頁，工聲。

項頰也。从頁，冘聲。

出頟也。从頁，隹聲。

曲頤也。从頁，不聲。

䶢皃。从頁，僉聲。

面目不正皃。从頁，尹聲。

頭頵頵大也。从頁，君聲。

面色顛顛皃。从頁，員聲。讀若隕。

頭頰長也。从頁，兼聲。

頭大也。从頁，石聲。

大頭也。从頁，分聲。一曰鬢也。《詩》曰："有頒其首。"

大頭也。从頁，禺聲。《詩》曰："其大有顒。"

大頭也。从頁，羔聲。

大頭也。从頁，骨聲。讀若魁。

大頭也。从頁，原聲。

高長頭。从頁，堯聲。

贅顤，高也。从頁，敫聲。

而前岳岳也。从頁，岳聲。

昧前也。从頁，𣊫聲。讀若昧。

面瘦淺顬顬也。从頁，需聲。

頭蔽頦也。从頁，豙聲。

梱頭也。从頁，元聲。

小頭頍頍也。从頁，枝聲。讀若規。

小頭也。从頁，果聲。

短面也。从頁，昏聲。

狹頭頲也。从頁，廷聲。

頭閑習也。从頁，危聲。

面黄也。从頁，含聲。

面不正也。从頁，爰聲。

舉頭也。从頁，支聲。《詩》曰：“有頍者弁。”

還視也。从頁，雇聲。

顔色㐱䫰，慎事也。从頁，㐱聲。

㐱䫰也。从頁，粦聲。一曰頭少髮。

頭顓顓謹皃。从頁，耑聲。

頭頊頊謹皃。从頁，玉聲。

低頭也。从頁，金聲。《春秋傳》曰："迎于門，頷之而已。"

下首也。从頁，屯聲。

舉目視人皃。从頁，臣聲。

倨視人也。从頁，善聲。

直項也。从頁，吉聲。

頭頡頔也。从頁，出聲。讀又若骨。

大醜皃。从頁，樊聲。

好皃。从頁，争聲。《詩》所謂䫆首。

頭妍也。从頁，翩省聲。讀若翩。徐鉉曰："从翩聲，又讀若翩，則是古今異音也。"

謹莊皃。从頁，豈聲。

頭鬢少髮也。从頁，肩聲。《周禮》："數目顧脰。"

無髮也。一曰耳門也。从頁，困聲。

秃也。从頁，气聲。

傾首也。从頁，卑聲。

伺人也。一曰恐也。从頁，契聲。讀若禊。

頭不正也。从頁，鬼聲。

頭偏也。从頁，皮聲。

顫也。从頁，尤聲。頄，或从疒。

飯不飽，面黄起行也。从頁，咸聲。讀若戇。

面顑顲皃。从頁，㐭聲。

頭不正也。从頁，亶聲。

癡，不搖頭晃腦也。从頁，豙聲。

顦顇也。从頁，焦聲。

顦顇也。从頁，卒聲。

繫頭殟也。从頁，昏聲。

醜也。从頁，亥聲。

醜也。从頁，其聲。今逐疫有䫏頭。《風俗通》曰：“俗説亡人魂气游揚，故作魌頭以存之。”是䫏頭亦祭鬼也，非醜惡之醜。

呼也。从頁，籥聲。讀與籥同。《商書》曰：“率籲衆戚。”

頭明飾也。从頁，㬎聲。徐鉉曰：“㬎，古以爲顯字，故从㬎聲。”

頰也。从面，甫聲。

姿也。从面，厭聲。

下首也。从首，旨聲。

口上須也。从須，此聲。徐鉉曰：“今俗别作髭，非是。”

須髮半白也。从須，卑聲。卑，古音近斑。孟子書“頒白”注“頭半白，斑斑者”，即此顊。

短須髮皃。从須，否聲。

象形也。从彡，幵聲。

飾也。从彡，攸聲。

琢文也。从彡，周聲。

清飾也。从彡，青聲。

美士有文，人所言也。从彣，厂聲。

分别文也。从文，非聲。《易》曰：“君子豹變，其文斐也。”

駁文也。从文，辡聲。

微畫也。从文，斄聲。

根也。从髟，犮聲。 髮，或从首。 古文。

頰髮也。从髟，賓聲。

髮長也。从髟，㒼聲。讀若蔓。

髮長也。从髟，監聲。讀若《春秋》：“黑肱以濫來奔。”

髮好也。从髟，差聲。

髮好也。从髟，卷聲。《詩》曰：“其人美且鬈。”

髮皃。从髟，咼聲。讀若宀。

髮多也。从髟，周聲。

髮皃。从髟，爾聲。讀若江南謂酢母爲䰰。

髮皃。从髟，音聲。

髮至眉也。从髟，敄聲。《詩》曰：“紞彼兩髳。” 髳，或省。漢令有髳長。

女鬢垂皃。从髟，歬聲。

歬也。一曰長皃。从髟，兼聲。讀若慊。

髲也。从髟，易聲。 鬄，或从也聲。

鬄也。从髟，皮聲。

束髮少也。从髟，截聲。

用梳比也。从髟，次聲。

潔髮也。从髟，昏聲。

臥結也。从髟，般聲。讀若槃。

結也。从髟，付聲。

帶結飾也。从髟，莫聲。

屈髮也。从髟，貴聲。

簪結也。从髟，介聲。

髮鬣鬣也。从髟，巤聲。 䰕，或从毛。 或从豕。

鬣也。从髟，盧聲。

髴若，似也。从髟，弗聲。

亂髮也。从髟，茸省聲。

鬢髮也。从髟，菅聲。

鬢禿也。从髟，閒聲。

鬀髮也。从髟，从刀，易聲。

鬜髮也。从髟，兀聲。或从元。古兀、元本一字，後分爲二。元从兀聲。

鬄髮也。从髟，弟聲。大人曰髡，小兒曰鬀，盡及身毛曰鬄。徐鉉曰："今俗別作剃，非是。"案，韓非曰："嬰兒不剔髮，則腹痛。"蓋小兒剔髮，自古已然。

鬃也。从髟，竝聲。

鬗也，忽見也。从髟，录聲。录，籒文魅，亦忽見意。

喪結。《禮》：女子髽衰，弔則不髽。魯臧武仲與齊戰于狐鮐，魯人迎喪者始髽。从髟，坐聲。《檀弓》曰："魯婦人之髽而弔也，自敗於臺鮐始也。"蓋迎喪者多髽而相弔。

小卮，有聲蓋者。从卮，專聲。

小卮也。从卮，耑聲。讀若捶擊之捶。

輔信也。从卪，比聲。《虞書》曰："㔻成五服。"今《尚書》作弼。

有大度也。从卪，多聲。讀若侈。《廣韵》引作"大慶"。此言"讀若侈"，謂侈然有大度也。

宰之也。从卪，必聲。《詩·衛風》"有斐君子"，《釋文》

云："《韓詩》作邲美皃"。此謂宰制之也。

高也。从卪，召聲。

科卮，木節也。从卪，厂聲。賈侍中說，以爲卮，裹也。一曰卮，蓋也。徐鉉曰："厂非聲，未詳。"案，舊讀五果切，《玉篇》牛戈切，與厂聲合韵最近。

脛頭卪也。从卪，桼聲。徐鉉曰："今俗作膝，非是。"

厀曲也。从卪，𢍏聲。

節欲也。从卪，谷聲。

色艴如也。从色，弗聲。《論語》曰："色艴如也。"今《論語》作勃。

縹色。从色，并聲。

章也。六卿：天官冢宰、地官司徒、春官宗伯、夏官司馬、秋官司寇、冬官司空。从𠨍，皀聲。皀下云又讀若"香"，則此當讀如馨。今爲去京切矣。

治也。从辟，乂聲。《虞書》曰："有能俾嬖。"

曲脊也。从勹，籟省聲。此鞠躬正字也。《禮經·聘禮》及《論語·鄉黨》鞠字皆當作匑。

手行也。从勹，甫聲。薄乎切。

伏地也。从勹，畐聲。

聚也。从勹，九聲。讀若鳩。

膺也。从勹，凶聲。匈，或从肉。

帀徧也。从勹，舟聲。此周帀、周徧正字也。周旋字亦當作匊，俗加辵作週，非是。

飽也。从勹，𣪘聲。民祭，祝曰：“厭匔。”今衡人語使人食飽曰匔飽，即讀己又切之音。或聲近如，則爲乙庶切。葢舊本有二音。

重也。从勹，復聲。或省彳。

高墳也。从勹，豖聲。

瓠也。从包，从夸聲。包，取其可包藏物也。

神也。从鬼，申聲。此謂鬼火也。《中山經》：“青要之山，魋武羅司之。”郭云：“魋，即神字。”

陽气也。从鬼，云聲。

陰神也。从鬼，白聲。

厲鬼也。从鬼，失聲。

耗鬼也。从鬼，虚聲。

旱鬼也。从鬼，犮聲。《周禮》有赤魃氏，除牆屋之物也。《詩》曰：“旱魃爲虐。”今《周禮》作赤犮，鄭注：“赤犮，猶捇拔也。主除蟲豸自埋者。”

鬼服也。一曰小兒鬼。从鬼，支聲。《韓詩傳》曰：“鄭交甫逢二女鬾服。”

鬼皃。从鬼，虎聲。

鬼俗也。从鬼，幾聲。《淮南傳》曰：“吴人鬼，越人鱶。”

鬼魌聲䰭䰭不止也。从鬼，需聲。鬼無聲，魌爲老物精，假之鳴，則有聲䰭䰭然。

鬼變也。从鬼，化聲。

見鬼驚詞。从鬼，難省聲。讀若《詩》"受福不儺"。

鬼皃。从鬼，賓聲。

可惡也。从鬼，酉聲。師説此爲祭鬼也，故从酉。酉者，黍成可爲酒。當云酉亦聲。

神獸也。从鬼，隹聲。

屰而奪取曰篡。从厶，算聲。私天下者，則有篡敚之禍，故从厶。

高而不平也。从山，鬼聲。凡嵬之屬皆从嵬。《文選》李注引此，有"山石崔嵬"四字。

高也。从嵬，委聲。徐鉉曰："今人省山以爲魏國之魏。"

會稽山。一曰九江當嵞也。民以辛王癸甲之日嫁娶。从屾，余聲。《虞書》曰："予娶嵞山。"會稽山在今浙江省紹興府城東南十二里，或説即《地理志》九江郡當涂。

水厓而高者。从屵，干聲。

高邊也。从屵，圭聲。

高也。从屵，隹聲。《玉篇》云："亦作陮。"案，陮隗，高也。

崩也。从屵，肥聲。

崩聲。从屵，配聲。讀若費。

文書藏也。从广，付聲。

天子饗歓辟廱。从广，雝聲。

官禮①養老，夏曰校，殷曰庠，周曰序。从广，羊聲。案，《孟子》“殷曰序，周曰庠”，與此異。

寄也。秋冬去，春夏居。从广，盧聲。《詩·小雅》：“中田有盧。”箋云：“中田，田中也。農人有廬焉，以便田事。”《春秋》宣十五年《公羊傳》注曰：“在田曰廬，在邑曰里，春夏出田，秋冬入保城郭。”

宫中也。从广，廷聲。

中庭也。从广，畱聲。

樓牆也。从广，屯聲。

廡也。从广，牙聲。《周禮》曰：“夏庌馬。”故書庌爲訝。鄭玄曰：“庌，廡也。所以庇馬，涼也。”

堂下周屋。从广，橆聲。籀文。从舞。

廡也。从广，虜聲。讀若鹵。

廚也。从广，包聲。

庖屋也。从广，尌聲。

馬舍也。从广，𣪘聲。《周禮》曰：“馬有二百十四匹爲

① 官禮，《説文》作“禮官”。

廄。廄有僕夫。”四當爲六。《夏官·校人》注云：“二耦爲乘。四匹也。”自乘至廄，其數二百一十六匹。六、四形近而誤。古文。从九。

序東西牆也。从广，予聲。

廦牆也。从广，辟聲。

廣殿之，大屋也。从广，黄聲。

廥芻藁之藏也。从广，會聲。

庾水槽倉也。从广，臾聲。一曰倉無屋者。《詩》曰：“我庾維億。”《傳》：“露積曰庾。”漕運露積。

㢘蔽也。从广，竝聲。

廁清也。从广，則聲。

㡯屋牝瓦下。一曰維綱也。从广，閔省聲。讀若環。《廣韵》以㡯爲屋牡瓦名。《玉篇》：“甋，牡[①]瓦也。”瓦上覆曰牝[②]，下載曰牝。此非瓦名，謂牝瓦之下木版耳。

廛屋階中會也。从广，怱聲。

廖廣也。从广，侈聲。《春秋國語》曰：“俠溝而廖。”

廉仄也。从广，兼聲。

庑開張屋也。从广，秅聲。濟陰有庑縣。

龐高屋也。从广，龍聲。

---

① 牡，原作“牝”，據《玉篇》改。

② 據文義，“牝”疑爲“牡”之譌。

山居也。一曰下也。从广，氐聲。山當爲止。今用爲底止字。器物下處亦曰底。

礙止也。从广，至聲。

安止也。从广，嬰聲。鉅鹿有廮陶縣。

舍也。从广，犮聲。《詩》曰：“召伯所废。”

中伏舍。从广，卑聲。一曰屋庳。或讀若逋。中伏者，謂兩旁屋高也。故又爲屋卑。

蔭也。从广，比聲。今爲庇蔭、覆庇字。《周禮》故書庀作比。鄦無庀。

儲置屋下也。从广，寺聲。

行屋也。从广，異聲。

屋麗廔也。从广，婁聲。一曰穜也。

屋从上傾下也。从广，隹聲。

屋頓也。从广，發聲。屋頓，謂無居者。

久屋朽木。从广，西聲。《周禮》曰：“牛夜鳴則庮。”臭如朽木。

少劣之居。从广，堇聲。

尊先祖皃也。从广，朝聲。謂圖其容皃，如今時畫像。古文。

人相依庡也。从广，且聲。

屋迫也。从广，曷聲。

卻屋也。从广，屰聲。《倉頡》"㡿"，廣也。卻屋者，謂開拓其屋，使廣也。因爲㡿逐、充㡿字。舊讀昌石切。俗又作斥，非是。

陳輿服於庭也。从广，欽聲。讀若歆。

空虚也。从广，膠聲。徐鉉曰："今别作寥，非是。"

鷙鳥食已，吐其皮毛如丸。从丸，咼聲。讀若骫。於跪切。

丸之孰也。从丸，而聲。

攱隔也。从危，支聲。

久遠也。从兀，从匕。兀者，高遠意也。久則變化。亡聲。者，倒亡也。凡長之屬皆从長。徐鉉曰："倒亡，不亡也。長久之義也。"古文長。亦古文長。叚爲長上字，後遂造此。，爲古文，从上人與。

極陳也。从長，隶聲。或从彡。隸變作肆。

久長也。从長，爾聲。

蛇惡毒長也。从長，失聲。

豕也。後蹏廢謂之彘。从彑，矢聲，从二匕。彘足與鹿足同。

豚屬。从豚，衛聲。讀若罽。

似虎，圜文。从豸，勺聲。

貙獌，似貍者。从豸，區聲。

貙屬也。从豸，單聲。

豹屬。出貈國。从豸，㲋聲。《詩》曰："獻其貔皮。"《周書》曰："如虎如貔。"貔，猛獸。《釋獸》："貔，白狐。"舍人注："名白狐也。"或从比。

狼屬，狗聲。从豸，才聲。

貙貐，似貙，虎爪，食人，迅走。从豸，俞聲。

似熊而黄黑色。出蜀中。从豸，茣聲。

猛獸也。从豸，庸聲。

獒貜也。从豸，矍聲。

獸無前足。从豸，出聲。《漢律》："能捕豺貀，購百錢。"

似狐，善睡獸也。从豸，舟聲。《論語》曰："狐貈之厚以居。"徐鉉曰："舟非聲，未詳。"今《論語》作狐貉。《詩》一之曰："于貉與狸。"裘爲韵。知貈、貉一字。

胡地野狗。从豸，干聲。豻，或从犬。《詩》曰："宜犴宜獄。"

鼠屬。大而黄黑，出胡丁零國。从豸，召聲。

北方豸種。从豸，各聲。孔子曰："貉之爲言惡也。"

貉之類。从豸，亘聲。

伏獸，似貙。从豸，里聲。

獸也。从豸，耑聲。讀若湍。

野豕也。从豸，雚聲。

鼠屬，善旋。从豸，穴聲。

山羊細角者。从兔足，苜聲。凡萈之屬皆从萈。讀若丸。寬字从此。俗又作羱。徐鉉曰："苜，徒結切，非聲，疑象形。"段玉裁説："苜，从𦫳，从目。萈，从苜，胡官切。合音最近。"

司空也。从㹜，𦣝聲。復説獄司空。

熊屬，足似鹿。从肉，㠯聲。能獸堅中，故稱賢能，而彊壯稱能傑也。凡能之屬皆从能。徐鉉曰："㠯非聲，疑皆象形。"案，㠯，古音讀如台；能，讀奴登切。聲最近。鉉説非。

獸似豕，山居，冬蟄。从能，炎省聲。凡熊之屬皆从熊。

如熊，黄白文。从熊，罷省聲。謂省罷爲网也。古文。从皮。

火行微燄燄也。从炎，臽聲。

火光也。从炎，舌聲。徐鉉曰："舌非聲，當从甛省。"段玉裁改篆作，云从西聲。

侵火也。从炎，㐭聲。讀若桑葚之葚。

火行也。从炎，占聲。

齊謂黑爲黸。从黑，盧聲。

沃黑色。从黑，會聲。

深黑也。从黑，音聲。

中黑也。从黑，厭聲。

小黑子。从黑，殹聲。

白而有黑也。从黑，旦聲。五原有莫䵣縣。

雖晳而黑也。从黑，箴聲。古人名黬字晳。

赤黑也。从黑，昜聲。讀若煬。

淺青黑也。从黑，參聲。

青黑也。从黑，奄聲。

微青黑色。从黑，幼聲。《爾雅》曰：“地謂之黝。”

黃濁黑。从黑，屯聲。

小黑也。从黑，占聲。

淺黃黑也。从黑，甘聲。讀若染繒①中②束緅黚。

黃黑也。从黑，金聲。

黑有文也。从黑，冤聲。讀若飴盌字。

黃黑而白也。从黑，算聲。一曰短黑。讀若以芥爲齏，名曰芥荃也。

黑皴也。从黑，开聲。

堅黑也。从黑，吉聲。

黎也。从黑，今聲。秦謂民爲黔首，謂黑色也。周謂之黎民。《易》曰：“爲黔喙。”巨淹切。

---

① 繒，原作“繪”，據《説文》改。
② 中，原作“小”，據《説文》改。

滓垢也。从黑，冘聲。

不鮮也。从黑，尚聲。

握持垢也。从黑，賣聲。《易》曰："再三黷。"

大污也。从黑，詹聲。

中久雨青黑。从黑，微省聲。

貶下也。从黑，出聲。

黴姗，下色。从黑，般聲。宋刻本色作哂，謂姗笑也。葢黴姗本古語，《玉篇》："下色皃。"

畫眉也。从黑，朕聲。

青黑繒發白色也。从黑，攸聲。

羔裘之縫。从黑，或聲。

黰謂之垽。垽，滓也。从黑，殿省聲。

桑葚之黑也。从黑，葚聲。

果實黭黯黑也。从黑，弇聲。

墨刑在面也。从黑，京聲。 黥，或从刀。

黷者，忘而息也。从黑，敢聲。俗又作憨。

黑木也。从黑，多聲。丹陽有黟縣。

宗廟火孰肉。从炙，番聲。《春秋傳》曰："天子有事繙焉，以饋同姓諸侯。"

炙也。从炙，尞聲。讀若爐燎。

赤色也。从赤，蟲省聲。

日出之赤。从赤，穀省聲。

面慙赤也。从赤，𠬝聲。周失天下於赧王。𠬝訓柔皮也，本或从又，舊讀人善切。

赤色也。从赤，巠聲。《詩》曰："魴魚赬尾。" 赬，或从貞。 或从丁。

赬，棠棗之汁。或从水。舊本如此，疑有譌誤。案，此當訓爲"棠棗之汁也"。从赤，浧省聲。與赬字别，義異而音同，寫者誤爲一字，非也，且與鄦注全書體例不合。 浾，或从正。不云"赬，或从水、正"，而云"浾，或从正"，知浾别爲一字甚明。

赤土也。从赤，者聲。

赤色也。从赤，倝聲。讀若浣。

兩髀之間。从大，圭聲。

奢也。从大，亏聲。

奢查也。从大，亘聲。

窊大也。从大，瓜聲。

空大也。从大，歲聲。讀若《詩》"施罛濊濊"。宋刻本作泧泧。

大也。从大，戥聲。讀若《詩》"戥戥大猷"。

大也。从大，丣聲。

大也。从大，云聲。徐鍇本有“讀若⿰齒居”三字。⿰齒居，蓋⿰齒君之譌。段玉裁訂作齳，是也。

大也。从大，氐聲。讀若氐。

大也。从大，介聲。讀若蓋。

瞋大也。从大，此聲。

大也。从大，弗聲。讀若“予違汝弼。”

大也。从大，屯聲。讀若鶉。

頭傾也。从夨，吉聲。讀若孑。

頭衺、骫奊態也。从夨，圭聲。骫奊者，頭衺之皃也。《賈誼傳》“奊詬無節”，叚奊爲謑。

走也。从夭，賁省聲。與走同意，俱从夭。

衺也。从交，韋聲。

蹇也。从尣，皮聲。尳，俗作跛。《王制》《公羊》《穀梁傳》皆作跛。

尪尪，行不正。从尣，左聲。此依孫氏宋刻本，他本“尪尪”誤作“尳尪”，涉上文而云。

行不正也。从尣，㞢聲。讀若燿。

不正也。从尣，兼聲。

尲尬也。从尣，介聲。此古⿰足拜字也。舊讀公八切。又古拜切。尲聲若點，俗語猶然。

行脛相交也。从尣，勺聲。牛行，腳相交爲尥。徐鍇本無

“牛行脚相交爲尥“七字。

彼不能行，爲人所引，曰𢓜𢕘，从彳，从爪，是聲。此與提攜義近。彼提物，此𢕘人。

𢓜𢕘也。从彳，从爪，巂聲。

股尪也。从彳，于聲。

專久而美也。从壴，从恣，省聲。

窮理罪人也。从幸，从人，从言，竹聲。或省言。

張也。从大，者聲。凡奢之屬皆从奢。籀文。徐鉉曰：“今俗作陟加切，以爲奓厚之奓，非是。”案，《西京賦》“心奓體泰”，李善引《聲類》云：“奓，侈字也。”李登已誤。

富奲奲皃。从奢，單聲。

疾也。从夲，卉聲。拜从此。

進也。从夲，从屮，允聲。《易》曰：“𣳚升大吉。”

大也。从大，亦聲。《詩》曰：“奕奕梁山。”

大腹。从大，𦃃省聲。𦃃，籀文系字。

稍前大也。从大，而聲。讀若畏偄。稍者，出物有漸也。稍前大者，前較大於後也。

大皃。从大，𠱠聲。或曰拳勇字。一曰讀若傿。

磊𥫼，重聚也。从立，𦍒聲。

直也。从立，耑聲。

等也。从立，專聲。《春秋國語》曰：“竱本肇末。”

亭安也。从立，争聲。

立峥也。从立，青聲。一曰細皃。

待也。从立，矣聲。或从已。

健也。一曰匠也。从立，句聲。讀若齲。《逸周書》有竘匠。

不正也。从立，鬲聲。

負舉也。从立，曷聲。

待也。从立，須聲。或从芻。

痿也。从立，羸聲。

偓竣也。从立，夋聲。《國語》曰："有司已事而竣。"竣，猶蹲也。偓，猶倨也。凡無事則竣。

驚皃。从立，昔聲。

短人竲竲皃。从立，卑聲。

北地高樓無屋者。从立，曾聲。

廢一偏下也。从竝，白聲。或从曰。或从兟，从曰。徐鉉曰："今俗作替，非是。"案，兟，从二先，訓進也。贊，从此，竝進。與竝廢義相反而相成。

人臍也。从囟，囟取气通也。从比聲。

容也。从心，囟聲。凡恖之屬皆从恖。隸變作思。段玉裁以注訓容，容爲睿之誤。

謀恖也。从恖，虍聲。

人之陰气，有欲者。从心，青聲。

人之陽气，性善者。从心，生聲。

意也。从心，㞢聲。

意也。从心，旨聲。

當也。从心，雁聲。

謹也。从心，真聲。古文。

敬也。从心，中聲。

謹也。从心，𣪊聲。

美也。从心，貇聲。

喜也。从心，夬聲。

樂也。从心，豈聲。徐鉉曰：“豈部已有，此重出。”

快也。从心，匧聲。

常思也。从心，今聲。

思也。从心，付聲。

敏也。从心，从目，害省聲。

平也。从心，登聲。

敬也。从心，難聲。

闓也。从心，斤聲。《司馬法》曰：“善者，忻民之善，閉民之惡。”

遲也。从心，重聲。

重厚也。从心，軍聲。

厚也。从心，辜聲。

慨也。从心，亢聲。一曰《易》“忼龍有悔”。徐鉉曰：“今俗別作慷，非是。”一曰即《易》曰。

忼慨，壯士不得志也。从心，既聲。

愊也。从心，困聲。

誠志也。从心，畐聲。

謹也。从心，原聲。

儇也。从心，彗聲。

慧也。从心，尞聲。

憭也。从心，交聲。

静也。从心，瘱聲。徐鉉曰：“瘱非聲，未詳。”案，瘱，从夾聲，苦叶切。瘱，於計切。本合音。

敬也。从心，折聲。

樂也。从心，宗聲。

安也。从心，甛省聲。

大也。从心，灰聲。

肅也。从心，共聲。

仁也。从心，如聲。古文。省。

和也。从心，台聲。

愛也。从心，兹聲。

愛也。从心，氏聲。

忯憜，不憂事也。从心，虒聲。讀若移。

謹也。从心，全聲。

惠也。从心，因聲。

高也。一曰極也，一曰困劣也。从心，帶聲。

問也。謹敬也。从心，猌聲。一曰説也。一曰甘也。《春秋傳》曰：“昊天不憖。”又曰：“兩君之士皆未憖。”甘字《玉篇》作且。《左氏傳》：“昊天不弔，不憖遺一老”，杜注云：“憖，且也。”

飾也。从心，戒聲。《司馬法》曰：“有虞氏悈於中國。”飾，當作飭，古書飾、飭多互譌。

謹也。从心，䍃聲。

寬嫺心腹皃。从心，宣聲。《詩》曰：“赫兮愃兮。”

順也。从心，孫聲。《唐書》曰：“五品不遜。”

實也。从心，塞省聲。《虞書》曰：“剛而寋。”

信心也。从心，旬聲。

誠也。从心，冘聲。《詩》曰：“天命匪忱。”

凡思也。从心，隹聲。

念思也。从心，褱聲。

欲知之皃。从心，侖聲。

冀思也。从心，相聲。

深也。从心，彖聲。

起也。从心，畜聲。《詩》曰：“能不我慉。”

滿也。从心，啻聲。一曰十萬曰意。籒文省。

憂也。从心，官聲。

憀然也。从心，翏聲。

敬也。从心，客聲。《春秋傳》曰：“以陳備三愙。”徐鉉曰：“今俗作恪。”

懼也。从心，雙省聲。《春秋傳》曰：“駟氏愯。”舊讀息拱切，與竦音義略近，今傳作聳。

恐也。从心，瞿聲。古文。

恃也。从心，古聲。

賴也。从心，寺聲。

慮也。从心，曹聲。

覺也。从心，吾聲。古文悟。

愛也。韓鄭曰憮。一曰不動。从心，無聲。

惠也。从心，先聲。屰气不得息曰旡，古文作旡。夌爲行皃，㤅爲惠。㤅今通用愛。古文。唐人用爲“伊余來塈”“民之攸塈”之塈。

知也。从心，胥聲。

安也。从心，尉聲。一曰恚怒也。《詩》曰：“以慰我心。”《毛傳》：“慰，怨也。”《韓詩》作愠，云：“恚也。”

謹也。从心，𣦼聲。讀若毳。

⿱笪心箸也。从心，笪聲。

朗也。从心，由聲。《詩》曰：“憂心且怞。”

煤撫也。从心，某聲。讀若侮。

彊也。从心，文聲。《周書》曰：“在受德忞。”讀若旻。

勉也。从心，莫聲。

勉也。从心，面聲。

習也。从心，曳聲。段玉裁改篆作，云“从心大聲”，又云“唐人避偏旁世，改作⿰忄曳”。

勉也。从心，楙聲。《虞書》曰：“時惟懋哉。”或省。

習也。从心，莫聲。案，慕、慔本一字。慔从心莫聲，與慕同，結體微異，即慔之重文。

止也。从心，夋聲。

肆也。从心，隶聲。

趣步惥惥也。从心，與聲。

説也。从心，舀聲。

安也。从心，厭聲。《詩》曰：“懕懕夜飲。”

安也。从心，詹聲。

無爲也。从心，白聲。

憂也，收也。从心，血聲。

極也。从心，干聲。此干犯字，加心旁者，以下犯上，故訓爲極。極者，屋之高處也。

喜歀也。从心，雚聲。《爾雅》曰："懽懽愮愮，憂無告也。"

懽也。从心，禺聲。琅邪朱虛有惆亭。

飢餓也。一曰憂也。从心，叔聲。《詩》曰："惄如朝飢。"

勞也。从心，卻聲。

憸詖也。憸利於上，佞人也。从心，僉聲。

息也。从心，曷聲。徐鉉曰："今別作憩，非是。"

精戇也。从心，毳聲。

褊也。从心，及聲。

憂也。从心，辡聲。一曰急也。

疾也。从心，亟聲。一曰謹重皃。

急也。从心，瞏聲。讀若絹。

疾也。从心，與聲。

駑弱者也。从心，需聲。段改篆作，云："从心需聲者，爲淺人所改，本爲耎聲也。"

下齎也。从心，任聲。

㤫失常也。从心，代聲。

怚驕也。从心，且聲。

悒不安也。从心，邑聲。

悆忘也。嘾也。从心，余聲。《周書》曰："有疾不悆。"悆，喜也。

忒更也。从心，弋聲。

憪愉也。从心，閒聲。

愉薄也。从心，俞聲。《論語》曰："私覿，愉愉如也。"此當爲薄樂也。淺泊、厚薄，皆當作洦。

懱輕易也。从心，蔑聲。《商書》曰："以相陵懱。"

戇愚也。从心，贛聲。

㥜婪也。从心，采聲。

惷愚也。从心，舂聲。

忮很也。从心，支聲。

悍勇也。从心，旱聲。

怪異也。从心，圣聲。

[illegible]放也。从心，象聲。

慢惰也。从心，曼聲。一曰慢不畏也。

怠慢也。从心，台聲。

懈怠也。从心，解聲。

驚也。从心，从聲。讀若悚。

欝也。从心，弗聲。

忽也。从心，介聲。《孟子》曰：“孝子之心不若是忦。”

忘也。从心，勿聲。

忘也。慲兜也。从心，㒼聲。慲兜，蓋古語。今衡俗呼不省事之人曰慲兜，音近買。

縱也。从心，次聲。

放也。从心，易聲。一曰平也。

意不定也。从心，童聲。

啁也。从心，里聲。《春秋傳》有孔悝。一曰病也。

權詐也。从心，矞聲。

誤也。从心，狂聲。

狂之皃。从心，況省聲。

變也。从心，危聲。

有二心也。从心，巂聲。

心動也。从心，季聲。

幸也。从心，敫聲。

善自用之意也。从心，銛聲。《商書》曰：“今汝懖懖。”古文。从耳。壁中文。

貪也。从心，元聲。《春秋傳》曰：“忨歲而㵣日。”

河内之北謂貪曰惏。从心，林聲。

不明也。从心，夢聲。

過也。从心，衍聲。或从寒省。籒文。

疑也。从心，兼聲。

亂也。从心，或聲。

怓也。从心，民聲。

亂也。从心，奴聲。《詩》曰：“以謹惽怓。”

亂也。从心，春聲。《春秋傳》曰：“王室曰惷惷焉。”一曰亂也。

不憭也。从心，昏聲。

癡也。从心，气聲。

瘳言不慧也。从心，衛聲。

亂也。从心，貴聲。

憎惡也。从心，已聲。

悄也。从心，分聲。

忿也。从心，肙聲。一曰憂也。籒文。

恨也。从心，黎聲。一曰怠也。

恨也。从心，圭聲。

恚也。从心，夗聲。古文。

恚也。从心，奴聲。

怨也。从心，敦聲。《周書》曰：“凡民罔不憝。”

怒也。从心，昷聲。

過也。从心，亞聲。

惡也。从心，曾聲。

恨怒也。从心，市聲。《詩》曰：“視我怖怖。”

怒也。从心，刀聲。讀若顡。李陽冰説：“刀非聲，當从刈省，乃得聲。”案，下又有忍篆。

怨恨也。从心，彖聲。讀若膎。徐鉉曰：“彖非聲，未詳。”案，此當从彖聲。彖，从彑，从豕，讀若弛。象，从豕省，即《周易》卦辭謂之象。舊本象、彖不分，故徐疑爲非聲，當訂正。

怨也。从心，㞋聲。

怨也。从心，對聲。

悔恨也。从心，每聲。

小怒也。从心，壴聲。

不服，懟也。从心，央聲。

懣也。从心，賁聲。

懣也。从心，門聲。

失意也。从心，周聲。

望恨也。从心，長聲。

愁不安也。从心，喿聲。《詩》曰："念子懆懆。"

傷也。从心，倉聲。

憯也。从心，旦聲。或从心，在旦下。《詩》曰："信誓悬悬。"

痛也。从心，朁聲。

毒也。从心，參聲。

痛也。从心，妻聲。

痛也。一曰呻吟也。从心，同聲。

痛也。从心，非聲。

痛也。从心，則聲。

痛也。从心，昔聲。

痛也。从心，敃聲。

痛也。从心，殷聲。

痛聲也。从心，依聲。《孝經》曰："哭不悠。"

簡，存也。从心，簡省聲。讀若簡。

動也。从心，蚤聲。一曰起也。

動人心也。从心，咸聲。

不動也。从心，尤聲。讀若佑。

怨仇也。从心，咎聲。

憂皃。从心，員聲。

憂皃。从心，幼聲。

憂也。从心，介聲。

憂也。从心，羊聲。

憂懼也。从心，耑聲。《詩》曰：“惴惴其慄。”

憂也。从心，鈞聲。

憂也。从心，丙聲。《詩》曰：“憂心怲怲。”

憂也。从心，炎聲。《詩》曰：“憂心如惔。”

憂也。从心，叕聲。《詩》曰：“憂心惙惙。”一曰意不定也。

憂也。从心，殤省聲。

憂也。从心，秋聲。

憂皃。从心，弱聲。讀與惄同。

憂困也。从心，臽聲。

憂也。从心，攸聲。

憂也。从心，卒聲。讀與《易》萃卦同。

憂也。从心，圂聲。一曰擾也。

楚潁之間謂憂曰慸。从心，埶聲。

憂也。从心，亏聲。讀若吁。

憂也。从心，中聲。《詩》曰：“憂心忡忡。”以㤙、怛證之，此亦忠之異文。惎、慔皆後分者。

憂也。从心，肖聲。《詩》曰：“憂心悄悄。”

憂也。从心，戚聲。

思皃。从心，夾聲。

失气也。从心，聶聲。一曰服也。

忌難也。从心，單聲。一曰難也。

懼也。陳楚謂懼曰悼。从心，卓聲。徐云當从罩省。案，罩亦卓聲，不必如鉉所説。

懼也。从心，巩聲。古文。

懼也。从心，習聲。讀若疊。

恐也。从心，术聲。

敬也。从心，易聲。或从狄。

戰慄也。从心，共聲。

苦也。从心，亥聲。

恐也。从心，皇聲。

惶也。从心，甫聲。或从布聲。

悑也。从心，執聲。

憊也。从心，㱿聲。

㦗也。从心，𤰈聲。或从疒。

毒也。从心，其聲。《周書》曰："來就惎惎。" 今《尚書》無此文。或云即《秦誓》"未就予忌" 也。

辱也。从心，耳聲。

青、徐謂慙曰惧。从心，典聲。

辱也。从心，天聲。

媿也。从心，斬聲。

慙也。从心，而聲。

慙也。从心，作省聲。

哀也。从心，粦聲。

泣下也。从心，連聲。《易》曰：“泣涕㦁如。”

能也。从心，刃聲。

厲也。一曰止也。从心，弭聲。讀若沔。

懲也。从心，乂聲。

忞也。从心，徵聲。

覺寤也。从心，景聲。《詩》曰：“憬彼淮夷。”

垂也。从惢，糸聲。

涉水顰蹙。从瀕，卑聲。

水生厓石間，粼粼也。从巜，粦聲。

水脈也。从川，在一下。一，地也。王省聲。一曰水冥巠也。古文巠。不省。

水廣也。从川，亡聲。《易》曰：“包巟用馮河。”

水流也。从川，或聲。

水流也。从川，曰聲。

水流㕞㕞也。从川，列省聲。徐鉉曰：“列字从㕞。此疑誤，當从𡿪省聲”。小徐本作“𡿪省聲”。鍇用鉉説而改者。

泉水也。从泉，緐聲。讀若飯。

水長也。从永，羊聲。《詩》曰：“江之羕矣。”

山瀆無所通者。从谷，奚聲。

通谷也。从谷，害聲。

空谷也。从谷，翏聲。

大長谷也。从谷，龍聲。讀若聾。

谷中響也。从谷，厷聲。

望山谷谸谸青也。从谷，千聲。

寒也。从仌，廩聲。

寒也。从仌，青聲。

仌也。从仌，東聲。

仌出也。从仌，朕聲。《詩》曰：“納于縢陰。”　縢，或从夌。

流仌也。从仌，斯聲。

半傷也。从仌，周聲。

銷也。从仌，台聲。冶金如銷仌。

寒也。从仌，倉聲。

寒也。从仌，令聲。

寒也。从仌，函聲。

風寒也。从欠，畢聲。

一之曰滭泼。从仌，犮聲。

寒也。从仌，稟聲。

寒也。从仌，賴聲。段玉裁改篆作，云："溧，冽也。从仌，列聲。"據《詩》"冽彼下泉"疏引《七月》"二之日溧冽"，删此瀨篆。案，今《詩》作栗烈。陸《釋文》云栗烈。《説文》作颲颲。唐本《説文》尚無冽篆。段不知鄦引《詩》《書》皆所以明古文也，妄欲比附鄦所引《詩》《書》，以説後起俗字，不思《七月》爲周初詩，其時尚無凓冽字也。鄦書廣收俗字，猶無冽篆，栗亦因此詩後加仌旁。

鱗蟲之長。能幽能明，能細能巨，能短能長，春分而登天，秋分而潛淵。从肉，飛之形，童省聲。凡龍之屬皆从龍。師説馬高八尺曰龍。古文作龖，从帝龙。鄦失載。

龍也。从龍，霝聲。

龍皃。从龍，今聲。各本誤作合聲。篆體或誤，或誤。兹依九經字樣證正。

龍耆脊上龓龓。从龍，幵聲。

翄也。从飛，異聲。篆文翼。从羽。

别也。从非，己聲。

披靡也。从非，麻聲。

相違也。从非，告聲。

牢也。所以拘非也。从非，陛省聲。

回疾也。从卂，營省聲。

至也。从至，刀聲。《詩》曰："靡國不到。"

至也。从至，秦聲。

姓也。从西，圭聲。徐鍇曰："張説《梁四公子記》有䙴闖。"

鹹也。从鹵，𡻕省聲。河内謂之䶩，沛人言若虘。

銜也，北方味也。从鹵，咸聲。

鹹也。从鹵，監聲。古者宿沙初作煮海鹽。凡鹽之屬皆从鹽。

河東鹽池，袤五十一里，廣七里，周百十六里。从鹽省，古聲。

鹵也。从鹽省，僉聲。不言"从鹵"，而"从鹽省，僉聲"者，謂已成鹽而化鹵，故不見鹽。《廣韵》"水和鹽"也，故省鹽也。

户扇也。从户，非聲。

室在旁也。从户，方聲。

輜車旁推户也。从户，大聲。讀與釱同。

隘也。从户，乙聲。

户牖之間謂之扆。从户，衣聲。

閉也。从户，劫省聲。

外閉之關也。从户，同聲。

天門也。从門，昌聲。楚人名門曰閶闔。

宫中之門也。从門，韋聲。

闔謂之樀。樀，廟門也。从門，詹聲。

巷門也。从門，厷聲。

特立之户，上圜下方，有似圭。从門，圭聲。

門旁户也。从門，合聲。

樓上户也。从門，昜聲。

門也。从門，干聲。汝南平輿里門曰閈。

里門也。从門，吕聲。《周禮》："五家爲比，五比爲閭。"閭，侣也。二十五家相羣侣也。

里中門也。从門，臽聲。閻，或从土。

市外門也。从門，貴聲。

城内重門也。从門，垔聲。《詩》曰："出其闉闍。"

闉闍也。从門，者聲。

門觀也。从門，欮聲。

門欂櫨也。从門，弁聲。

門扇也。从門，介聲。

門扇也。一曰閉也。从門，盍聲。

門梱也。从門，臬聲。

門梱也。从門，或聲。《論語》曰：“行不履閾。” 古文閾。从洫。

門高也。从門，㒳聲。巴郡有閬中縣。

開也。从門，辟聲。 《虞書》曰：“闢四門。” 从門，从𠬞，此壁中古文。从𠬞會意。

闢門也。从門，爲聲。《國語》曰：“闖門而與之言。”

開也。从門，單聲。《易》曰：“闡幽。”

開也。从門，豈聲。

大開也。从門，可聲。大杯亦爲閜。

開閉門也。从門，甲聲。

閉門也。从門，必聲。《春秋傳》曰：“閟門而與之言。” 所引傳文當是“閟而以夫人言”。

所以止扉也。从門，各聲。

門傾也。从門，阿聲。

遮攡也。从門，於聲。

開閉門利也。从門，繇聲。一曰縷十紘也。鄦書無“繇”，當云“从系，䍃聲”，故爲縷十紘也。紘即總，八十縷爲總，《禮經》謂之升。十升之布，漸吉矣。

門聲也。从門，曷聲。

門響也。从門，鄉聲。

門遮也。从門，柬聲。

外閉也。从門，亥聲。

閉門也。从門，音聲。

以木横持門户也。从門，𢇍聲。

關下牡也。从門，龠聲。

盛皃。从門，真聲。

闛闛盛皃。从門，堂聲。

豎也，宫中奄閽閉門者。从門，奄聲。

閃也。从門，規聲。

妄入宫掖也。从門，䜌聲。讀若闌。

具數於門中也。从門，説省聲。

事已閉門也。从門，癸聲。

望也。从門，䏍聲。

疏也。从門，活聲。

弔者在門也。从門，文聲。徐鉉曰：“今俗别作憫，非是。”古文閔。

小垂耳也。从耳，占聲。

耳大垂也。从耳，冘聲。《詩》曰：“士之耽兮。”

耳曼也。从耳，冄聲。聑，或从甘。

垂耳也。从耳，詹聲。南方瞻耳之國。

耳箸頰也。从耳，烓省聲。杜林説："耿，光也。"从光聖省。凡字皆左形右聲，杜説非也。徐鍇曰："凡字多右形左聲，此説或後人所加，或傳寫之誤。"案，烓，各本作炯。

耳鳴也。从耳，卯聲。

通也。从耳，呈聲。

察也。从耳，悤聲。

聆也。从耳、㥁，壬聲。

聽也。从耳，令聲。

記微也。从耳，戠聲。

讙語也。从耳，昏聲。

張耳有所聞也。从耳，禹聲。

音也。从耳，殸聲。殸，籀文磬。

知聞也。从耳，門聲。 古文。从昏。

訪也。从耳，甹聲。

無聞也。从耳，龍聲。

生而聾曰聳。从耳，從省聲。篆省作聳，隸俗作聳，不省。《方言》："欲也。"今爲聳聽字。

益梁之州謂聾爲䏿，秦晋聽而不聰，聞而不達謂之䏿。从耳，宰聲。

聾也。从耳，貴聲。聵，或从叡。徐鉉曰：“當从蔽省，義見蔽字注。”案，鄦書無叡，而从叡之字凡三。又段玉裁據别本出[illegible]篆，云或从豙作。

無知意也。从耳，出聲。讀若孽。

吴楚之外，凡無耳者謂之[illegible]，言若斷耳爲盟。从耳，闋聲。

軍戰斷耳也。《春秋傳》曰：“以爲俘聝。”从耳，或聲。聝，或从𦣻。

墒耳也。从耳，月聲。

乘輿金飾馬耳也。从耳，麻聲。讀若渳水。一曰若《月令》靡艸之靡。宋本無飾字。

《國語》曰：“回禄信於聆遂。”闕。此蓋闕其義耳。當云“从耳，今聲”。所引今見《周語》。

廣𦣞也。从𦣞，巳聲。古文𦣝。从户。徐鉉曰：“今俗以爲階戺之戺。”

手中也。从手，尚聲。

將指也。从手，母聲。

手指也。从手，旨聲。

手也。从手，关聲。

手掔也。楊雄曰：“掔，握也。”从手，臤聲。

好手皃。《詩》曰：“攕攕女手。”从手，韱聲。

人臂皃。从手，削聲。《周禮》曰：“輻欲其揱。”徐鍇曰：

"人臂梢長纖好也。"

繑也。一曰摳[1]衣升堂。从手，區聲。

摳[2]衣也。从手，褰聲。

舉手下手也。从手，壹聲。

讓也。从手，咠聲。一曰手箸胷曰揖。

推也。从手，襄聲。

斂手也。从手，共聲。

拱也。从手，僉聲。

搯捾也。从手，官聲。一曰援也。

捾也。从手，舀聲。《周書》曰："師乃搯。"搯者，拔兵刃以習擊刺。《詩》曰："左旋右搯。"

攤也。从手，巩聲。徐鉉曰："戉部有𢪿，與巩同，此重出。"

排也。从手，隹聲。

推也。从手，夋聲。《春秋傳》曰："捘衛侯之手。"

擠也。从手，非聲。

排也。从手，齊聲。

擠也。从手，氏聲。

① 摳，原作"樞"，據《說文》改。
② 摳，原作"樞"，據《說文》改。

擠也。从手，崔聲。一曰挏也，一曰折也。

摧也。从手，立聲。

摧也。从手，㘴聲。今作挫。

佐也。从手，夫聲。古文扶。从攴。

扶也。从手，爿聲。《玉篇》曰：“⿰爿手，今作將。摪同。”案，古詩“好事相扶抃①”，今叚將爲之。

握也。从手，寺聲。

縣持也。从手，韧聲。

脅持也。从手，甘聲。

閱持也。从手，棄聲。

把持也。从手，喿聲。

爪持也。从手，瞿聲。徐鉉曰：“今俗别作掬，非是。”

急持衣衿也。从手，金聲。捦，或从禁。

索持也。一曰至也。从手，專聲。

杖持也。从手，豦聲。

引持也。从手，聶聲。

并持也。从手，冄聲。

捫持也。从手，布聲。

① 抃，疑爲“⿰爿手”之譌。

俾持也。从手，夾聲。

撫持也。从手，門聲。《詩》曰："莫捫朕舌。"

撮持也。从手，監聲。

理持也。从手，巤聲。

搤持也。从手，屋聲。古文握。

提持也。从手，單聲。讀若行遲驒驒。

握也。从手，巴聲。

把也。从手，鬲聲。搹，或从戹。

牽引也。从手，奴聲。

提也。从手，巂聲。

挈也。从手，是聲。

拈也。从手，耴聲。

掫也。从手，占聲。

舒也。从手，离聲。

釋也。从手，舍聲。

一指按也。从手，厭聲。

下也。从手，安聲。

引也。从手，空聲。《詩》曰："控于大邦。"匈奴名引弓控弦。

摩也。从手，盾聲。

緣也。从手，彖聲。

拊也。从手，百聲。

揗也。从手，付聲。

把也。今鹽官入水取鹽爲掊。从手，音聲。

取易也。从手，寽聲。

理也。从手，尞聲。

置也。从手，沓聲。

擇也。从手，侖聲。

柬選也。从手，睪聲。

搤也。从手，足聲。一曰握也。

捉也。从手，益聲。

搣也。从手，歬聲。

批也。从手，威聲。

捽也。从手，此聲。

捽也。从手，即聲。魏郡有揤裴侯國。

持頭髮也。从手，卒聲。

四圭也。一曰兩指撮也。从手，最聲。《漢・律厤志》曰：“量多少者，不失圭撮。”孟康曰：“六十四黍爲一圭。”《廣韵》引作孟子，而云十圭爲一合。《筭經》：“六粟爲圭，十圭爲撮。”

撮也。从手，籥省聲。

撮取也。从手，帶聲。讀若《詩》曰“蝃蝀在東”。 揥。或从折，从示，兩手急持人也，蓋示聲也。

引取也。从手，孚聲。 抱，或从包。徐鉉曰：“今以爲褱衺字，非是。”案，小徐本捊下引“《詩》曰‘原隰捊矣’”六字，爲鉉本所無。今讀捊爲步侯切，抱爲薄報切。

自關以東謂取曰揜。一曰覆也。从手，弇聲。

給也。从手，臣聲。一曰約也。

拭也。从手，堇聲。

朋羣也。从手，黨聲。

交也。从手，妾聲。

揰也。从手，市聲。

擁引也。漢有挏馬官作馬酒。从手，同聲。《廣韵》作“推引也”。《漢·禮樂志》應劭曰：“主馬乳取其汁，挏治之，味酢可飲，因以名官。”《顔氏家訓》曰：“此謂撞擣挺挏之。”是也。

安也。从手，無聲。一曰循也。 古文撫。从亡、辵。

撫也。从手，昏聲。一曰摹也。

量也。从手，耑聲。度高曰揣。一曰捶之。徐鍇曰：“此字與耑聲不相近。如喘、遄之類，皆當从瑞省。”案，此讀初委切，與耑本雙聲，合音最近。

開也。从手，只聲。讀若抵掌之抵。

習也。从手，貫聲。《春秋傳》曰：“摜瀆鬼神。”

搔也。从手，適聲。一曰投也。

括也。从手，蚤聲。

刮也。从手，介聲。

擊也。从手，奥聲。一曰挈鬬牡也。

撓也。从手，兆聲。一曰摷也。《國語》曰：“郤至挑天。”韋本作“佻天”，注：“佻，偷也。佻天之功，以爲已力。”小徐本摷下有争。

挑也。从手，夬聲。

擾也。从手，堯聲。一曰捄也。

煩也。从手，夒聲。

輓持也。从手，局聲。

輓挶也。从手，居聲。

刮也。从手，葛聲。一曰撻也。

拓果樹實也。从手，啻聲。一曰指近之也。徐鉉曰：“當从適省乃得聲。”案，拓，拾也。

搹也。从手，害聲。

暫也。从手，斬聲。

摺也。从手，劦聲。一曰拉也。

敗也。从手，習聲。

束也。从手，秋聲。《詩》曰：“百禄是揫。”

曳聚也。从手，婁聲。

有所失也。从手，云聲。《春秋傳》曰：“抎子辱矣。”今《左傳》叚作隕。

从旁持曰披。从手，皮聲。

引縱曰瘳。从手，瘳省聲。

積也。《詩》曰：“助我舉柴。”搣頰旁也。从手，此聲。小徐本有“一曰搣頰旁也”，當據訂。

搖也。从手，卓聲。《春秋傳》曰：“尾大不掉。”

動也。从手，䍃聲。

動容也。从手，容聲。

當也。从手，貳聲。

聚也。从手，酋聲。

固也。从手，臤聲。讀若《詩》“赤舄掔掔”。徐鉉曰：“今別作慳，非是。”案，《毛詩》：“赤舄几几。”

奉也。从手，夆聲。

對舉也。从手，輿聲。

飛舉也。从手，昜聲。古文。

對舉也。从手，與聲。小徐本有“一曰輿也”四字。段氏以此與舉同義，改舉爲擧。

舉出也。从手，欣聲。《春秋傳》曰：“掀公出於淖。”

高舉也。从手，曷聲。

上舉也。从手，升聲。《易》曰：“抍馬壯，吉。”段玉裁改篆作，補“出休爲拯”四字，非也。抍，或从登。徐鉉曰：“今俗别作拯，非是。”

舉救也。从手，辰聲。一曰奮也。

横關對舉也。从手，工聲。

握也。从手，分聲。讀若粉。

舉手也。从手，喬聲。一曰撟擅也。

自關已西，凡取物之上者爲撟捎。从手，肖聲。

抱也。从手，雝聲。

染也。从手，需聲。《周禮》：“六曰擩祭。”段玉裁改篆作。案，唐石經《周禮》作擩，是。

引也。从手，俞聲。

擎擭，不正也。从手，般聲。

擎擭也。一曰布擭也，一曰握也。从手，蒦聲。布擭，即布濩，遍滿皃，劉逵説。

附手也。从手，弁聲。

專也。从手，亶聲。

葵也。从手，癸聲。此即癸加手旁耳。疑舊訓癸，明癸、揆本一字，癸下云“水土平，可揆度也”是已。段玉裁據《六書故》引唐本《説文》葵作度。

擬 度也。从手，疑聲。

損 減也。从手，員聲。

失 縱也。从手，乙聲。

捝 解捝也。从手，兑聲。

撥 治也。从手，發聲。

挹 抒也。从手，邑聲。

抒 挹也。从手，予聲。

抯 挹也。从手，且聲。讀若樝梨之樝。

攫 扟也。从手，矍聲。

扟 从上挹也。从手，卂聲。讀若莘。

拓 拾也。陳、宋語。从手，石聲。摭 拓，或从庶。

攈 拾也。从手，麇聲。

拾 掇也。从手，合聲。

掇 拾取也。从手，叕聲。

擐 貫也。从手，睘聲。《春秋傳》曰：“擐甲執兵。”

揯 引急也。从手，恒聲。

摍 蹴引也。从手，宿聲。

摣 相援也。从手，虘聲。

援 引也。从手，爰聲。

引也。从手，畱聲。擂，或从由。擂，或从秀。

引也。从手，翟聲。

擢也。从手，犮聲。

拔也。从手，匽聲。

手椎也。一曰築也。从手，𠷎聲。

係也。从手，䜌聲。

拔也。从手，廷聲。

拔取也。南楚語。从手，寒聲。《楚詞》曰："朝搴批之木蘭。"

遠取之也。从手，罙聲。

探也。从手，𩏑聲。

推也。从手，委聲。一曰兩手相切摩也。徐鉉曰："今俗作捼，非。"

别也。一曰擊也。从手，敝聲。

摇也。从手，咸聲。徐鉉曰："今俗别作撼，非是。"

按也。从手，弱聲。

偏引也。从手，奇聲。一本作"偏引一足也"。《詩》曰"伐木掎矣"，《毛傳》："伐木者持其顛。"

奮也。从手，軍聲。

研也。从手，麻聲。《學記》"相觀而善謂之摩"，《詩》

曰“如琢如摩”，即此。研摩俗又作磨。

反手擊也。从手，𣪘聲。

亂也。从手，覺聲。《詩》曰：“祇攪我心。”

推擣也。从手，茸聲。

刊擣也。从手，童聲。

就也。从手，因聲。

因也。从手，乃聲。

絜也。从手，昏聲。

抲撝也。从手，可聲。《周書》曰：“盡執柯。”

撝也。从手，辟聲。

裂也。从手，爲聲。一曰手指撝也。《易》曰：“撝謙。”馬曰“撝猶離也”，用裂義。叚作指麾。

裂也。从手，赤聲。

《易》筮，再扐而後卦。从手，力聲。

巧也。从手，支聲。

規也。从手，莫聲。此與模音義略同。有法度爲規模，依法倣之爲規摹。又作摸。

不巧也。从手，出聲。

縫指揩也。一曰韜也。从手，沓聲。讀若眔。揩之言重沓。縫人以韋韜指謂之揩。

圜也。从手，專聲。

手推之也。从手，圂聲。

盛土於梩中也。一曰擾也。《詩》曰：“捄之陾陾。”从手，求聲。擾字，《韵會》作“一曰捊也”。

手口共有所作也。从手，吉聲。《詩》曰：“予手拮据。”

掘也。从手，骨聲。

搰也。从手，屈聲。

斂也。小上曰掩。从手，奄聲。

滌也。从手，既聲。《詩》曰：“摡之釜鬵。”

取水沮也。从手，胥聲。武威有揟次縣。

穜也。一曰布也。从手，番聲。古文播。

穫禾聲也。从手，至聲。《詩》曰：“穫之挃挃。”

刺也。从手，致聲。一曰刺之財至也。

動也。从手，兀聲。

折也。从手，月聲。

縛殺也。从手，翏聲。

鄉飲酒，罰不敬，撻其背。从手，達聲。古文撻。《周書》曰：“㦒以記之。”

止馬也。从手，夌聲。

撣也。从手，平聲。小徐本作彈。

气勢也。从手，卷聲。《國語》曰："有捲勇。"一曰捲收也。徐鉉曰："今俗以爲捲舒之捲。"

收也。从手，及聲。

拘擊也。从手，巢聲。

擊背也。从手，矣聲。

挨也。从手，菐聲。

旁擊也。从手，敫聲。

疾擊也。从手，勺聲。

笞擊也。从手，失聲。

側擊也。从手，氏聲。

以車鞅擊也。从手，央聲。

衣上擊也。从手，保聲。

兩手擊也。从手，卑聲。

以杖擊也。从手，垂聲。

敲擊也。从手，隺聲。

中擊也。从手，竟聲。

過擊也。从手，弗聲。徐鍇曰："擊而過之也。"

擣頭也。从手，堅聲。讀若"鏗爾舍瑟而作"。

深擊也。从手，冘聲。讀若告。言不正曰抌。

支也。从手，毄聲。

忮也。从手，干聲。

扞也。从手，亢聲。抗，或从木。《既夕禮》：“抗木橫三縮二。”故或改从木。

取也。从手，甫聲。

刺也。从手，籍省聲。《周禮》曰：“簎魚鼈。”一本作《春秋國語》曰：“簎魚鼈。”今魯語作䅉。

執也。从手，然聲。一曰蹂也。

畫也。从手，圭聲。

曳也。从手，它聲。

卧引也。从手，余聲。

捈也。从手，世聲。

搏也。从手，扁聲。

从手，有所把也。从手，厥聲。从當作以字之誤也。《内則》：“不涉不撅。”撅，揭衣也。

挐持也。从手，盧聲。

持也。从手，如聲。

没也。从手，昷聲。

掩也。从手，旁聲。

擊也。从手，各聲。

夜戒守，有所擊。从手，取聲。《春秋傳》曰：“賓將掫。”

《昭廿年傳》謂：“擊欜以行夜也。”

棄也。从手，肙聲。

所以覆矢也。从手，朋聲。《詩》曰：“抑釋掤忌。”

指麾也。从手，亏聲。

旌旗，所以指麾也。从手，靡聲。

獵也，軍獲得也。从手，疌聲。《春秋傳》曰：“齊人來獻戎捷。”

牽馬也。从手，口聲。

同也。从手，昆聲。

眾意也。一曰求也。从手，叜聲。《詩》曰：“束矢其搜。”

易也。从手，奐聲。

以手持人臂投地也。从手，夜聲。一曰臂下也。

民也。从民，亡聲。讀若盲。

卧也。从氏，垔聲。

觸也。从氏，失聲。

戍也。从戍，赤聲。

出亡在外，望其還也。从亡，朢省聲。

亡也。从亡，無聲。奇字無。通於元者，虛無道也。王育說：“天屈西北爲无。”

亡也。从匸，若聲。讀如羊騶箠。此當云“讀如羊騶箠蟄之鏊”，蓋傳寫者所脱譌。

側逃也。从匸，丙聲。一曰箕屬。徐鉉曰：“丙非聲，義當从内會意，疑傳寫之誤。”案，《玉篇》側逃引作側匧，云又作陋。知側匧即《尚書》之側陋。段玉裁説，疑从丙聲。

匿也。从匸，妟聲。

骫曲也。从曲，玉聲。

古器也。从曲，舀聲。

輔也，重也。从弜，丙聲。徐鍇曰：“丙，舌也，非聲。舌柔而弜剛，从柔从剛，輔弼之意。”案，丙下曰“一讀若誓”，弼字从此，明弼以爲聲也。鍇説非是。弼，或如此。亦古文弼。小徐本如此。竝古文弼。大徐本目上言之。

急戾也。从弦省，少聲。《類篇》説“精微也”，則爲今之妙字。妙或作竗是也。

不成，遂急戾也。从弦省，曷聲。讀若瘞葬。

隨從也。从系，䍃聲。徐鉉曰：“今俗从䍃。”

素屬。从素，𠬪聲。

白勬，縞也。从素，勺聲。

素屬。从素，率聲。

𦅸也。从素，卓聲。䊳，或省。

䊳也。从素，爰聲。緩，或省。

織絹。从系，貫杼也。从絲省，丱聲。徐鉉曰：“丱，古磺字。”

吐絲蟲。从䖵，朁聲。

蠶化飛蟲。从䖵，我聲。或从虫。

齧人跳蟲。从䖵，叉聲。叉，古爪字。蚤，或从虫。

齧人蟲。从䖵，卂聲。

蝗也。从䖵，弁聲。弁，古文終字。螽，或从虫，眾聲。

蟲也。从䖵，展省聲。

小蟬蜩也。从䖵，截聲。

蠿蟊，作罔蛛蟊也。从䖵，㡭聲。㡭，古絶字。

蠿蟊也。从䖵，矛聲。

蟲也。从䖵，寍聲。

𧓍𧖬。从䖵，𨊻聲。

螻蛄也。从䖵，𡍮聲。

𧕰蛸也。从䖵，卑聲。𧕰，或从虫。

飛蟲螫人者。从䖵，逢聲。古文。省。

蠭甘飴也。一曰螟子。从䖵，鼏聲。𧖈，或从宓。

𧑒蟟也。从䖵，巨聲。

齧人飛蟲。从䖵，民聲。𧕣，或从昏，以昏時出也。

俗𧕣。从虫，从文。亦文聲也。

䖟人飛蟲。从䖵，亡聲。

木中蟲。从䖵，橐聲。蠹。或从木，象蟲在木中形，譚長説。

蟲齧木中也。从䖵，彖聲。古文。

多足蟲也。从䖵，求聲。蝨，或从虫。

蚍蠹也。从䖵，橐聲。蠹，或从虫、从孚。

蟲食也。从䖵，雋聲。

蟲動也。从䖵，萅聲。古文蠢，从𢦏。《周書》曰：“我有截于西。”

蠶蜉，大螘也。从蟲，𩉢聲。蠶，或从虫，比聲。

蟲也。从蟲，冐聲。

臭蟲，負蠜也。从蟲，非聲。蠹，或从虫。

北風謂之颹。从風，涼省聲。

小風也。从風，术聲。

扶摇風也。从風，猋聲。飆，或从包。

回風也。从風，奥聲。

翔風也。从風，立聲。

高風也。从風，翏聲。

大風也。从風，胃聲。

大風也。从風，日聲。

風所飛揚也。从風，昜聲。

風雨暴疾也。从風，利聲。讀若栗。

列風也。从風，𠛱聲。讀若𠛱。

厚也。从二，竹聲。

兼垓八極地也。《國語》曰："天子居九垓之田。"从土，亥聲。

四方土可居也。从土，奥聲。古文墺。

堣夷，在冀州陽谷。立春日，日值之而出。从土，禺聲。《尚書》曰："宅堣夷。"陽當作暘。

朝歌南七十里地。《周書》："武王與紂戰于坶野。"从土，母聲。

陂也。从土，皮聲。

柔土也。从土，襄聲。

堅不可拔也。从土，高聲。

磽也。从土，敫聲。

剛土也。从土，盧聲。小徐本作黑剛土也。

赤剛土也。从土，觲省聲。

黏土也。从上，直聲。

土塊坴坴也。从土，圥聲。讀若逨。一曰坴梁。始皇略取陸梁地爲桂林、象郡。

土也。洛陽有大发𡊅里。从土，軍聲。

塊也。从土，菐聲。墣，或从卜。

凷也。从土，畐聲。

穜也。一曰内其中也。从圭，叜聲。

稻田畦也。从土，朕聲。

治也。一曰臿土謂之坺。《詩》曰：“武王載坺。”一曰塵皃。从土，犮聲。

陶竈窗也。从土，役省聲。

牆始也。从土，其聲。

牆也。从土，亘聲。籒文垣。从𩫏。

牆高皃。《詩》曰：“崇墉圪圪。”从土，气聲。

垣也。五版爲一堵。从土，者聲。籒文。从𩫏。

垣也。从土，辟聲。

周垣也。从土，尞聲。

壁間隙也。从土，曷聲。讀若謁。

卑垣也。从土，寽聲。

地突也。从土，甚聲。

突也。《詩》曰：“蜉蝣堀閲。”从土，屈省聲。段玉裁據部末有“掘，篆从屈，不省，此从屈省，本一字”，因删兔堀之堀，而改此篆作堀，从屈。案，鄦書廣收俗字，當時已分爲二，不必改篆也。

堂殿也。从土，尚聲。古曰堂，秦漢以後曰殿。鄦以今釋古，今則人臣無有偁殿者。坣古文堂。𩫖籀文堂。从高省。

垛堂塾也。从土，朵聲。

坫屏也。从土，占聲。

[illegible]涂也。从土，浝聲。徐鉉曰："水部已有，此重出。"案，泥、涂必兼水土，當从土、水，龙聲。

垷涂也。从土，見聲。

墐涂也。从土，堇聲。

塈仰涂也。从土，既聲。仰涂，舉首而涂之。郢人施廣領大袖，以仰涂是。

堊白涂也。从土，亞聲。

墀涂地也。从土，犀聲。《禮》："天子赤墀。"

墼瓴適也。一曰未燒也。从土，毄聲。

[illegible]埽除也。从土，弁聲。讀若糞。

在存也。从土，才聲。

坻箸也。从土，氐聲。

填塞也。从土，真聲。

坦安也。从土，旦聲。

坒地相次比也。衛大夫貞子名坒。从土，比聲。

滯也。从土，是聲。

樂器也，以土爲之，六孔。从土，熏聲。

王者印也，所以主土。从土，爾聲。籒文。从玉。

以桼和灰而髼也。从土，完聲。一曰補垸。

鑄器之法也。从土，刑聲。

射臬也。从土，摹聲。讀若準。

雞棲垣爲塒。从土，時聲。

城垣也。从土，庸聲。古文墉。五篇："𩫏，度也。"讀如郭。古今音讀不同。

城上女垣也。从土，葉聲。

陷也。从土，欠聲。

下也。《春秋傳》曰："墊隘。"从土，執聲。

小渚也。《詩》曰："宛在水中坻。"从水，氐聲。坻，或从水，从夂。坻，或从水，从耆。耆聲也。

下入也。从上，㬎聲。

水乾也。一曰堅也。从土，各聲。

以土增大道上。从土，次聲。古文垐。从土、即。《虞書》曰："龍，朕堲讒語殄行。"堲，疾惡也。即聲。

益也。从土，曾聲。

增也。从土，卑聲。

益也。从土，付聲。

堅土也。从土，自聲。讀若臮。

气出土也。一曰始也。从土，叔聲。

堅土也。从土，埀聲。讀若朵。

地也。从土，㚟聲。

保也。高土也。从土，𨸏聲。讀若毒。

培敦土田山川也。从土，咅聲。

治也。从土，争聲。

擁也。从土，章聲。

遏遮也。从土，則聲。

地垠也。一曰岸也。从土，艮聲。 垠，或从斤。

野土也。从土，單聲。

恃也。从土，多聲。

軍壁也。从土，靁省聲。

毁垣也。从土，危聲。《詩》曰："乘彼垝垣。" 垝，或从𨸏。

毁也。《虞書》曰："方命圮族。" 从土，己聲。 圮，或从手，从非，配省聲。

塞也。《尚書》曰："鯀垔洪水。" 从土，西聲。 古文垔。 垔，或从𨸏。

塹阬也。一曰大也。从土，斬聲。

埂秦謂阬爲埂。从土，更聲。讀若井汲綆。

壙塹穴也。一曰大也。从土，廣聲。

塏高燥也。从土，豈聲。

毀缺也。从土，穀省聲。⿰⿱臼壬殳古文毀。从壬。

壓壞也。一曰塞補。从土，厭聲。

壞敗也。从土，褱聲。𡊯古文壞。省。⿰褱攴籀文壞。支部有數。此重出。

坷坎坷也。梁國寍陵有坷亭。从土，可聲。

㙤㙊也。从土，虖聲。⿰阝虖㙤，或从𨸏。

㙊裂也。《詩》曰：“不㙊不疈。”从土，㡿聲。

坱塵埃也。从土，央聲。

塺塵也。从土，麻聲。

塿塺土也。从土，婁聲。

坋塵也。从土，分聲。一曰大防也。

⿱非土塵也。从土，非聲。

埃塵也。从土，矣聲。

⿱殹土塵埃也。从土，殹聲。

垽澱也。从土，沂聲。

垢濁也。从土，后聲。

⿰土壹 天陰塵也。《詩》曰：“⿰土壹⿰土壹其陰。”从土，壹聲。

坏 丘再成者也。一曰瓦未燒。从土，不聲。

垤 螘封也。《詩》曰：“鸛鳴于垤。”从土，至聲。《毛傳》：“垤，螘冢也。”蓋結垤樹上，故爲鸛所集。

坥 益州部謂螾場曰坥。从土，且聲。

埍 徒隸所居也。一曰女牢，一曰亭部。从土，肙聲。

壡 囚突出也。从土，叡聲。

瘞 幽薶也。从土，瘱聲。

堋 喪葬下土也。从土，朋聲。《春秋傳》曰“朝而堋”，《禮》謂之“封”，《周官》謂之“窆”，《虞書》曰“堋淫于家”。小徐本此下有“亦如是”三字。今《臯陶謨》作“朋”。

垗 畔也。爲四時界。祭其中。《周禮》曰：“垗五帝於四郊。”从土，兆聲。

塋 墓也。从土，熒省聲。

墓 丘也。从土，莫聲。

墳 墓也。从土，賁聲。

壟 丘壠也。从土，龍聲。

壇 祭壇場也。从土，亶聲。

場 祭神道也。一曰田不耕，一曰治穀田也。从土，昜聲。

圯 東楚謂橋爲圯。从土，巳聲。

遠邊也。从土，乑聲。

兔堀也。从土，屈聲。

家福也。从里，𠩺聲。

郊外也。从里，予聲。古文野。从里省，从林。亦作埜。

土難治也。从堇，艮聲。籀文艱。从喜。

赤黄也。一曰輕傷人皴姁也。从黄，夾聲。《後漢書》曹大家《女誡》“視聽陜輸”即此皴姁也，謂侮傷人者，面色赤黄，其狀皴姁。

黄黑色也。从黄，耑聲。

青黄色也。从黄，有聲。

白黄色也。从黄，占聲。

鮮明黄也。从黄，圭聲。

母之兄弟爲舅，妻之父爲外舅。从男，臼聲。

謂我舅者，吾謂之甥也。从男，生聲。

能成王功也。从力，熏聲。古文勳。从員。

左也。从力，且聲。

助也。从力，从非，慮聲。

勞也。从力，來聲。

慎也。从力，吉聲。《周書》曰：“汝劼毖殷獻臣。”

趣也。从力，敄聲。

迫也。从力，强聲。古文。从彊。

勉力也。《周書》曰："用勱相我邦家。"讀若厲。从力，萬聲。

勥也。从力，厥聲。勥彊，本古語。

彊也。《春秋傳》曰："勍敵之人。"从力，京聲。

彊也。从力，巠聲。

彊也。从力，免聲。

勉也。从力，召聲。讀若舜樂《韶》。

勉也。《周書》曰："勖哉，夫子！"从力，冒聲。

勉也。从力，雚聲。

任也。从力，朕聲。

并力也。从力，翏聲。

繇緩也。从力，象聲。

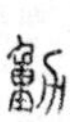作也。从力，重聲。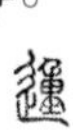古文動，从辵。

推也。从力，畾聲。

務也。从力，豦聲。

尤劇也。从力，克聲。

勞也。《詩》曰："莫知我勩。"从力，貰聲。

勞也。《春秋傳》曰："安用勦民？"从力，巢聲。字又

作勦。

勞也。从力，卷省聲。徐鉉曰："今俗作倦，義同。"

勞也。从力，堇聲。

健也。从力，敖聲。讀若豪。

气也。从力，甬聲。勇，或从戈、用。古文勇。从心。

排也。从力，孛聲。

劫也。从力，輿聲。

致堅也。从人，从力，食聲。讀若敕。

法有辠也。从力，亥聲。

廣求也。从力，莫聲。

且往也。从且，豦聲。

𨸏窭也。从𨺅，叏省聲。

陋也。从𨺅。𦓤，籀文嗌字。𦓤見口部嗌下，俗本嗌誤作隘，涉下篆文隘譌。篆文䦣。从𨸏益。俗本篆譌作籒，葢涉上而誤。益聲。

塞上亭守𤉡火者。从𨺅，从火，遂聲。篆文。省。

上出也。从乙。乙，物之達也。倝聲。此本古乾溼字，上出爲乾，下注爲溼，後以三爲一二三之三，乃用此爲卦名。舊有渠焉、古寒二讀。籀文乾。

異也。从乙，又聲。徐鍇曰：“乙欲出而見閡，見閡則顯其尤異也。”羽求切。

就也。从戊，丁聲。古文成。从午。徐鍇曰：“戊中宮成於中也。”

長踞也。从己，其聲。讀若杞。

辠也。从辛，古聲。古文辜。从死。

辠也。从辛，旹聲。

養子使作善也。从𠫓，肉聲。《虞書》曰：“教育子。”徐鍇曰：“𠫓，不順子也。不順子亦教之，況順者乎？”謙案，不順者教之使順，若順子不待教也，故从𠫓。今書作胄子。育，或从每。从㐬，古文𠫓字。

震也。三月陽气動，靁電振，民農時也。物皆生，从乙、匕，象芒達。厂，聲也。辰，房星，天時也。从二，二，古文上字。凡辰之屬皆从辰。徐鍇曰：“匕，音化。乙，艸木萌初出曲卷也。”徐鉉曰：“三月陽气盛，艸木生，上徹於土，故从上。厂非聲，疑亦象物之出。”古文辰。

逆也。从午，吾聲。

擊小鼓，引樂聲也。从申，柬聲。《周禮·小師》：“鼓𣞙。”《詩》：“應田縣鼓。”箋云：“田當作𣞙。”

臾曳也。从申，丿聲。束縛捽抴爲臾曳，言曳引之也。

䤌生衣也。从酉，冢聲。《方言》：“𪎊，麴也。”郭注云：“音蒙，有衣麴也。”

孰鬻也。从西，甚聲。

醖也。作酒曰釀。从西，襄聲。

釀也。从西，昷聲。

酒疾孰也。从西，弁聲。《廣韵》云：“一宿酒。”

酒母也。从西，余聲。讀若廬。

下酒也。一曰醇也。从西，麗聲。《詩·小雅》：“釃酒有萸。”《毛傳》：“以筐曰釃，以藪曰湑。”

釃酒也。从西，肙聲。

䤄也。从西，鬲聲。

酒一宿孰也。从西，豊聲。

汁滓酒也。从西，翏聲。

不澆酒也。从西，𦎫聲。

厚酒也。从西，需聲。《詩》曰：“酒醴維醹。”

濁酒也。从西，盎聲。

厚酒也。从西，農聲。

酒也。从西，茸聲。

一宿酒也。一曰買酒也。从西，古聲。

酒也。从西，髝省聲。

泛齊，行酒也。从西，監聲。

酒味淫也。从西，竷省聲。讀若《春秋傳》曰“美而豔”。

酒味厚也。从西，告聲。汲古本作“酒厚味也”，此依《廣韻》訂。

酒味長也。从西，覃聲。

酒色也。从酒，市聲。

酒色也。从西，己聲。徐鉉曰：“己非聲，當从妃省。”

酒色也。从西，弋聲。

爵也。一曰酒濁而微清也。从西，戔聲。

盛酒行觴也。从西，勺聲。

冠娶禮祭。从西，焦聲。醮，或从示。

畝酒也。从西，朁聲。

少少歓也。从西，匀聲。

主人進客也。从西，𠷎聲。醻，或从州。

客酌主人也。从西，昝聲。今俗多叚酢爲醋，惟《儀禮》舊本不誤。

歓酒俱盡也。从西，监聲。

歓酒盡也。从西，嚼省聲。

樂酒也。从西，冘聲。

私宴歓也。从西，區聲。

會歓酒也。从西，豦聲。醵，或从巨。

王德布，大歓酒也。从西，甫聲。

醉飽也。从酉，音聲。

醉也。从酉，熏聲。《詩》曰：“公尸來燕醺醺。”

酌也。从酉，熒省聲。

醉醟也。从酉，句聲。《尚書釋文》引此作“酒醟也”，《周禮·司救》注又以此爲“酗醟”。

病酒也。一曰醉而覺也。从酉，呈聲。

薄酒也。从酉，离聲。讀若離。

酢也。从酉，韱聲。

酢也。从酉，夋聲。關東謂酢曰酸。籒文酸。从畯。

酢漿也。从酉，𢦏聲。

酢漿也。从酉，僉聲。徐鉉曰：“今俗作釅，非是。”

醶也。从酉，巳聲。

黍酒也。从酉，也聲。一曰甜也。賈侍中說：“酏爲鬻清。”

醢也。从肉，从酉。酒以和醬也。爿聲。古文。籒文。

𧶠醶，榆醬也。从酉，敄聲。

𧶠醶也。从酉，俞聲。

餟祭也。从酉，寽聲。

擣榆醬也。从酉，畢聲。

䤁也。从西，𣦼聲。

雜味也。从西，京聲。

闕。《玉篇》：“醶醰，味薄也。”从西，漸聲。

闕。醶醰也。从西，任聲。

酒味苦也。从西，今聲。據小徐本補此。

走獸總名。从内，象形，今聲。禽、离、兕頭相佀。此从内今聲，本諧聲字，而云象形，謂中从凶者，無可説也，故舉离、兕明之，言囟、凹、凶頭皆相佀，於六書不純，故附於此。《釋鳥》：“二足而羽謂之禽，四足而毛謂之獸。”葢分之則别，合之則一也。

母猴屬，頭佀鬼。从由，从内。師説：“鬼不可見，何云佀猴？”此葢内、由聲。由，从十、厶，本會意字。凡偏旁屬會意、指事，皆爲諧聲。此與禽雖獸屬，其字既取今聲，不得爲象形明矣。葢凶爲陷阱，獸入阱乃可擒。本从内、凶會意，而以今諧聲。鄦誤爲象形，遂亂六書之例。禽本古擒字，後加手足意。

右諧聲之文四千五十。

重五百二十六。

卷六

亦聲

造字之初，始於畫形，形不可象，則指以事，事不可見，則會以意，意不可通，則無義可説，而造字之法窮矣。於是古聖欲通事、意之窮，乃取三者以爲主文，而譬以聲。至於聲，則無不諧矣。初不必更取其義，是故有聲無義者，六書之正也。然聲由人心，其始启口，即是皆有由然。又聲以義起者也，此亦聲。諸文聲之中更説以義，於六書之例不純矣。故鄦於意兼聲之字往往不言聲。如閏爲王居門中，皇爲始王者，皆不言王聲。芝不言之聲，甘不言甘聲，君不言尹聲，命不言令聲。此从止、匕，皆義皆聲，而但云从止从匕，均以爲會意者，惡六書之混淆也。又如祫爲大合祭，但言合聲，而不言从合。諄爲告曉之孰也，𦎫下云“孰也”。但言𦎫聲，不言从𦎫，均直以爲諧聲若不取義者，惡其厖襍也。又况娶爲取婦，婚爲娶婦以昏時，姻爲壻家女之所因，坪爲地平，小徐本但云取聲、昏聲、因聲、平聲，不言从取、从昏、从因、从平者，本不以聲兼義也。大徐本乃皆以爲亦聲字矣。然則鄦書亦聲之字本不多見，其説解爲後人所增改，非其舊也。乃或者反於聲中求義，謂河下當云黄河千里，一曲驚人，故謂之可，且舉讀若聲假之文，强説以義，誣古人矣。兹據大徐本所言亦聲者二百又八文，繫之聲篇之末，不與會意字相混也。况娶古作取，婚古作昏，詔古作召，卸古作口，鉤、拘古但作句，後加偏旁以爲分别，文因謂之亦聲，實起於聲叚之後，非从聲中而兼取義也。然則聲篇諸文不可更説以義也，審矣。

治人者也。从一，从史，史亦聲。言既取其誼，亦取其聲。凡諧聲，皆兼事、意者也。

履也。所以事神致福也。从示，从豊，豊亦聲。古文禮。

宗廟主也。《周禮》有郊宗石室。一曰大夫以石爲主。从示，从石，石亦聲。

會福祭也。从示，从會，會亦聲。《周禮》曰："禬之祝號。"

發兵瑞玉，爲虎文。从玉，从虎，虎亦聲。《春秋傳》曰："賜子家雙琥。"

禱旱玉，龍文。从玉，从龍，龍亦聲。

諸侯執圭朝天子，天子執玉以冒之，似犂冠。《周禮》曰："天子執瑁四寸。"从玉、冒，冒亦聲。古文。省。

瑱也。从玉、耳，耳亦聲。

送死口中玉也。从玉，从含，含亦聲。

旌旗杠皃。从丨，从㫃，㫃亦聲。

艸初生，其香分布。从屮，从分，分亦聲。芬，或从艸。

耕多艸。从艸、耒，耒亦聲。

南昌謂犬善逐兔，艸中爲莽。从犬，从茻，茻亦聲。

分也。从重、八。八，别也，亦聲。《孝經説》曰：“故上下有别。”

分極也。从八、弋，弋亦聲。

半體肉也。一曰廣肉。从半，从肉，半亦聲。

四歲牛。从牛，从四，四亦聲。籀文牭。从貳。

以芻莖養牛也。从牛、芻，芻亦聲。《春秋國語》曰：“犓豢幾何。”

牛很不從引也。从牛，从臤，臤亦聲。一曰大皃。讀若賢。

大也。从吅、甲，吅亦聲。闕。謂甲之形誼，未聞。

亡也。从哭、亡，亡亦聲。此從《禮記釋文》奔喪之禮，所引唐本《説文》如此。今大徐本於从亡下有“會意”二字，蓋寫者所注。

相遇驚也。从辵，从咢，咢亦聲。

還也。从辵，从反，反亦聲。《商書》曰：“祖甲返。”《春秋傳》返从彳。

遣也。从辵、巽。巽，遣之。巽亦聲。一曰選擇也。

復也。从彳，从柔，柔亦聲。

老人齒如臼也。一曰馬八歲齒臼也。从齒，从臼，臼亦聲。

齧骨聲。从齒，从骨，骨亦聲。

虎牙也。从牙，从奇，奇亦聲。

門户疏窻也。从疋，疋亦聲。囱，象䟽形。讀若疏。

通也。从爻，从疋，疋亦聲。

止也。从句，从手，句亦聲。

曲竹捕魚笱也。从竹，从句，句亦聲。

曲也。从金，从句，句亦聲。

艸之相丩者。从茻，从丩，丩亦聲。

致言也。从言，从先，先亦聲。《詩》曰："螽斯羽詵詵兮。"

告也。从言，从召，召亦聲。

人所宜也。从言，从宜，宜亦聲。

扣也。如求婦先訁叕之。从言，从口，口亦聲。

戒也。从言，从敬，敬亦聲。

瀆菐也。从丵，从廾，廾亦聲。凡菐之屬皆从菐。徐鉉曰："瀆，讀爲煩瀆之瀆。一本注云：丵，眾多也。兩手奉之，是煩瀆也。"

給事者。从人，从菐，菐亦聲。古文。从臣。

賦事也。从菐，从八，八分之也。八亦聲，讀若頒，一曰讀若非。

鷙不行也。从𠂆，从棥，棥亦聲。

早，昧爽也。从臼，从辰，辰時也。辰亦聲。丮夕爲𠨚，臼辰爲晨，皆同意。凡晨之屬皆从晨。

血祭也。象祭竈也。从爨省。从酉，酉所以祭也。从分，分亦聲。徐鉉曰：“分，布也。”

耎也。从革，从柔，柔亦聲。

鞮鞅沙也。从革，从夾，夾亦聲。

楚人謂卜問吉凶曰𣪠。从又持祟，祟亦聲，讀若贅。

齊也。从攴，从束，从正，正亦聲。

正也。从攴，从正，正亦聲。

合會也。从攴，从合，合亦聲。

侮也。从攴，从易，易亦聲。

朋侵也。从攴，从羣，羣亦聲。

煩也。从攴，从𤔔，𤔔亦聲。

擊鼓也。从攴，从壴，壴亦聲。

男子美稱也。从用、父，父亦聲。

相顧視而行也。从目，从延，延亦聲。

翕目也。从目、冥，冥亦聲。徐鉉曰：“今俗别作眠，非是。”武延切。

一目小也。从目，从少，少亦聲。

以鼻就臭也。从鼻，从臭，臭亦聲。讀若畜牲之畜。後乃加鼻旁。

盛也。从大，从皕，皕亦聲。此燕召公名。讀若郝。《史篇》名醜。徐鍇曰：“《史篇》謂史籀所作《倉頡》十五篇也。”

雄雌鳴也。雷始動，雉鳴而雊其頸。从隹，从句，句亦聲。段玉裁説：“此爲雄雉鳴也，别於鷕之爲雌雉鳴。”又云：“當作句其頸。”

火不明也。从苜，从火，苜亦聲。《周書》曰：“布重莧席。”織蒻席也。讀與蔑同。

西戎牧羊人也。从人，从羊，羊亦聲。南方蠻閩从虫，北方狄从犬，東方貉从豸，西方羌从羊，此六種也。西南僰人、僬僥从人，葢在坤地，頗有順理之性。唯東夷从大，大，人也。夷俗仁，仁者壽。有君子不死之國。孔子曰：“道不行，欲之九夷，乘桴浮於海。”有以也。古文羌如此。

鷹隼之視也。从隹，从䀠，䀠亦聲。凡瞿之屬皆从瞿。讀若章句之句。

隱也。从山中𢆶，𢆶亦聲。

專小謹也。从幺省。屮，財見也。屮亦聲。凡叀之屬皆从叀。古文叀。亦古文（文）叀。

伸也。从舍，从予，予亦聲。一曰舒緩也。

坑也。从死，从井，井亦聲。

死在棺，將遷葬柩，賓遇之。从歺，从賓，賓亦聲。夏后氏殯於阼階，殷人殯於兩楹之間，周人殯於賓階。

星見食豕，令肉中生小息肉也。从肉，从星，星亦聲。

裂也。从刀，从录。录，刻割也。录亦聲。剥，或从卜。

錐刀曰劃。从刀，从畫，畫亦聲。

齊也。从刀，从齊，齊亦聲。

君殺大夫曰刺。刺，直傷也。从刀，从朿，朿亦聲。此當曰“直傷”爲本義。君殺大夫當有“一曰”字，爲别一義。

以竹曲五弦之樂也。从竹，从巩。巩，持之也。竹亦聲。

行棊相塞謂之簺。从竹，从塞，塞亦聲。

古之遒人，以木鐸記詩言。从辵，从丌，丌亦聲。讀與記同。徐鍇曰：“遒人行而求之，故从辵、丌，薦而進之於上也。”

和也。从甘，从麻。麻，調也。甘亦聲。讀若函。段玉裁説：“篆當作曆，从厤，厤，稀疏適也，故有調和義。”

告也。从曰，从冊，冊亦聲。

肎也。从口、丂，丂亦聲。凡可之屬皆从可。

驚語也。从口，从亏，亏亦聲。徐鉉曰：“按口部已有，此重出。”况于切。

説也。从心，从喜，喜亦聲。

康也。从心、豈，豈亦聲。

器也。从虘、宁，宁亦聲。闕。直吕切。

相與語唾而不受也。从丶，从否，否亦聲。音，或从豆，从欠。

陷也。从𨸏，从井，井亦聲。阱，或从穴。古文阱。

从水。

罰辠也。从井，从刀。《易》曰："井，法也。"井亦聲。

鄉人飲酒也。从食，从鄉，鄉亦聲。

吴人謂祭曰餽。从食，从鬼，鬼亦聲。

日月合宿爲辰。从會，从辰，辰亦聲。

艸也。楚謂之葍，秦謂之藑。蔓地連華，象形。从舛，舛亦聲。凡䑞之屬皆从䑞。謂医象蔓連華之形，疑古但作医，後乃加舛目爲聲耳。古文䑞。

編樹木也。从木，从册，册亦聲。

平也。从木，从平，平亦聲。

械也。从木，从手，手亦聲。

出穀也。从出，从糶，糶亦聲。

財分少也。从貝，从分，分亦聲。古文。从宀、分。

鄯善，西胡國也。从邑，从善，善亦聲。

日見也。从日，从見，見亦聲。《詩》曰："見晛日消。"

幢也。从㫃，从毛，毛亦聲。

舌也。象形舌體马马。从马，马亦聲。俗函。从肉、今。

木𠂹華實。从木、马，马亦聲。凡東之屬皆从東。

坎中小坎也。从穴，从臽，臽亦聲。《易》曰："入于坎窞。”一曰坎旁入也。讀若萏。

熱寒休作。从疒，从虐，虐亦聲。

積也。从冂，从取，取亦聲。

二十四銖爲一兩。从一。㒳，平分。㒳亦聲。

网也。从网、繯，繯亦聲。一曰綰也。

曲梁寡婦之笱魚所留也。从网、畱，畱亦聲。 罶，或从婁。《春秋國語》曰：“溝罛䍡。”婁，聲耳。

帗也。一曰敗衣。从攴、㡀，㡀亦聲。

中也。从人，从中，中亦聲。

仄也。从人，从頃，頃亦聲。

絜束也。从人，从系，系亦聲。

象也。从人，从象，象亦聲。讀若養。徐兩切。

長生僊去。从人，从䙴，䙴亦聲。

教行也。从匕，从人，匕亦聲。

隨行也。从辵，从从，从亦聲。

日日所常衣。从衣，从日，日亦聲。

紩衣也。从衣、黹，黹亦聲。

從後相臿也。从尸，从臿。小徐本作“臿聲，舊讀楚洽切”，當云“臿亦聲”，義相臿也。

觀也。从見、監，監亦聲。

歊歊，气出皃。从欠、高，高亦聲。

䣯言意也。从欠，从卣，卣亦聲。讀若酉。

𣢂詮詞也。从欠，从日，日亦聲。《詩》曰：“昳求厥寧。”

𩔺内頭水中也。从頁、㲻，㲻亦聲。

䩄面見也。从面、見，見亦聲。《詩》曰：“有䩄面目。”

或从旦。

頿頰須也。从須，从冄，冄亦聲。徐鉉曰：“今俗别作髯，非是。”

彰文彰也。从彡，从章，章亦聲。

㖃厚怒聲。从口、后，后亦聲。厚怒者不必君后，然以聲之厚怒者施於羣下，惟君后則然，故从后、口。俗又作吼。

匌帀也。从勹，从合，合亦聲。

屵岸高也。从山、厂，厂亦聲。凡屵之屬皆从屵。五葛切。

猒竇中犬聲。从犬，从音，音亦聲。

奘妄彊犬也。从犬，从壯，壯亦聲。

煣屈申木也。从火、柔，柔亦聲。人久切。

焚燒田也。从火、棥，棥亦聲。

悤多遽悤悤也。从心、囪，囪亦聲。囪在屋上者，其光下照，囪囪然。多遽者，其心亦囪囪然。故从囪，从心，或謂孔隙多而心亂也。

㓜病也。从介，从骨，骨亦聲。

捕罪人也。从丮，从羍，羍亦聲。案，此執从羍，葢會盗不止之意，而取讀若籋之音也。執讀之入切，籋讀尼輒切，故云羍亦聲。若讀若瓠與大聲，皆不得言亦聲。

直項莽䞿皃。从亢，从夋。夋，倨也。亢亦聲。小徐本篆作䎣，結體𠂇又互易，微異。《詩》曰："頡之頏之。"《淮南書》有"嚴志頡頏之行"。頡訓直項，則頏當作䞿，爲莽䞿皃。

舉目驚界然也。从夰，从䀠，䀠亦聲。

嫚也。从百，从夰，夰亦聲。《虞書》曰："若丹朱奡。"讀若傲。《論語》："奡盪舟。"五到切。

春爲昦天，元气昦昦。从日、夰，夰亦聲。胡老切。

駔大也。从大，从壯，壯亦聲。

喘也。从心，从自，自亦聲。自者，鼻也。人喘息，則心气從鼻出，因爲休息義，自亦聲者，葢古音近呬。鄦書"呬，息也"是。今讀相即切。

敬也。从心，从敬，敬亦聲。

闊也。一曰廣也，大也。一曰寬也。从心，从廣，廣亦聲。

急也。从心，从弜，弜亦聲。河南密縣有㢈亭。

騃也。从心，从疑，疑亦聲。一曰惶也。

不識也。从心，从亡，亡亦聲。

大息也。从心，从氣，氣亦聲。《詩》曰："愾我寤歎。"

怯也。从心、匡，匡亦聲。

憂也。从心，上貫吅，吅亦聲。吅者，驚嘑也。憂而驚嘑，是爲患難。《春秋繁露》曰：“心止於一中者，謂之忠。持二中者，謂之患，患人之中不一也。”董氏所説殊失本恉。段玉裁説，當从毌聲，謂串即毌字。以俗書説古字，非也。古文。从關省。亦關省聲。亦古文患。此後起字，葢从重毌者，而横直異。

水相入也。从水，从内，内亦聲。

水从孔穴疾出也。从水，从穴，穴亦聲。

水涌光也。从水，从光，光亦聲。《詩》曰：“有洸有潰。”

别水也。从水，从𠂢，𠂢亦聲。

引水於井也。从水，从及，及亦聲。

腹中有水气也。从水，从愁，愁亦聲。

諸侯鄉射之宫，西南爲水，東北爲牆。从水，从半，半亦聲。

苹也，水艸也。从水、苹，苹亦聲。

不也。从口，从不，不亦聲。徐鍇曰：“不可之意見於言，故从口。”案，此已見口部。

常以昏閉門隸也。从門，从昏，昏亦聲。

長也。从手，从延，延亦聲。

予也。从手，从受，受亦聲。

傷擊也。从手，从毁，毁亦聲。

兩手同械。从手，从共，共亦聲。《周禮》曰："上辠，梏拲而桎。" 居竦切。拲，或从木。

人所生也。古之神聖母感天而生子，故稱天子。从女，从生，生亦聲。《春秋傳》曰："天子因生以賜姓。" 息正切。

取婦也。从女，从取，取亦聲。

婦家也。《禮》："娶婦以昏時，婦人陰也，故曰婚。" 从女，从昏，昏亦聲。籀文婚如此。

壻家也。女之所因，故曰姻。从女，从因，因亦聲。籀文姻。从㴱。

孕也。从女，从壬，壬亦聲。

女弟也。从女，从弟，弟亦聲。

女之卑者也。从女，从卑，卑亦聲。

色好也。从女，从美，美亦聲。

犯婬也。从女，从干，干亦聲。

繡文如聚細米也。从糸，从米，米亦聲。

履兩枚也。一曰絞也。从糸，从兩，兩亦聲。

蟲食苗葉者。吏乞貸則生蟘。从虫，从貸，貸亦聲。《詩》曰："去其螟蟘。" 俗又作蟚，非。

蟲食穀葉者。吏冥冥犯法即生螟。从虫，从冥，冥亦聲。

宋刻本如此，小徐本同，他本無“亦聲”，有“又螟蛉”三字。

败創也。从虫、人、食，食亦聲。創傷也，謂敗壞之創，有蟲食之。《春秋經》曰：“鼷鼠食郊角。”又曰：“日有食之。”字或作蝕，是也。

疾風也。从風，从忽，忽亦聲。

𧑓鼁，詹諸也。其鳴詹諸，其皮鼁鼁，其行𧑓𧑓。从黽，从𧑓，𧑓亦聲。𧑓𧑓，黿黿不前之意。其狀背大而黑，多疿磊菌。𧑓，圜椎似之，故字从𧑓。鼁，或从酋。

地平也。从土，从平，平亦聲。小徐本篆作坪，不以爲亦聲也。

平徧也。从土，从匀，匀亦聲。

書墨也。从土，从黑，黑亦聲。

以盛民也。从土，从成，成亦聲。籀文城。从𩫏。

地之色也。从田，从炗，炗亦聲。炗，古文光。凡黄之屬皆从黄。古文黄。

以勞定國也。从力，从工，工亦聲。

發也。从力，从徹，徹亦聲。徐鉉曰：“今俗作撤，非是。”

金飾器口。从金，从口，口亦聲。

小鑿也。从金，从斬，斬亦聲。

令丁也。从金，从令，令亦聲。

鐵之耎也。从金，从柔，柔亦聲。

量物分半也。从斗，从半，半亦聲。

車耳反出也。从車，从反，反亦聲。

車轄相擊也。从車，从𣪠，𣪠亦聲。《周禮》曰："舟輿擊互者。"今本引《周禮》或誤作擊。

高平地。从𨸏，从坴，坴亦聲。籀文陸。

高下也。一曰陊也。从𨸏，从臽，臽亦聲。

仄也。从𨸏，从頃，頃亦聲。

石山戴土也。从𨸏，从兀，兀亦聲。

壁祭孔也。从𨸏，从㝡，㝡亦聲。

乳也。从子在宀下，子亦聲。

少稱也。从子，从稚省，稚亦聲。

通也。从㐬，从疋，疋亦聲。

進獻也。从羊。羊，所進也。从丑，丑亦聲。

就也，所以就人性之善惡。从水，从酉，酉亦聲。一曰造也，吉凶所造也。古者儀狄作酒醪，禹嘗之而美，遂疏儀狄。杜康作秫酒。

酒樂也。从酉，从甘，甘亦聲。

右亦聲之字二百又八文。

重二十又七。

卷七

轉注

鄦君叙曰："五曰轉注，轉注者，建類一首，同意相受，考、老是也。"案，鄦書老爲部首，考入老部，耆、耇諸文以類相屬，故曰建類一首。老有衰老意，考有考成意，成德之人將就衰老。故考下注云老也，老下注云考也，意轉相訓，是爲同意相受。此轉注所以明古人訓字之法，通形、事、意、聲之窮，是故考从老省丂聲，本諧聲字。老从人、毛、匕，言須髮變白也，乃會意字。二者可相轉注，他可知矣。俗子不察，猥以隸形釋篆，妄稱考字左回，老字右轉，至爲鄙淺。而戴侗《六書故》、周伯琦《六書正譌》亦本裴務齊左回右轉之説。别舉側山爲阜，反人爲匕，反欠爲旡，到子爲𠫓，用以爲例，是以字形爲轉注説，與形、事諸文相混矣。而鄭樵《六書略》曰諧聲、轉注一也，又混於聲矣，皆不知轉注者也。又或以考老疊韻，專以疊韻爲轉注，此龍氏《古今音韵通轉》亦以轉注名之，均失鄦書之旨。至於二字相通，似轉注而實非轉注者，如"茦，莿也"，"莿，茦也"，"蘠，蘠也"，"蘠，蘠也"，"歔，欷也"，"欷，歔也"，"諷，誦也"，"誦，諷也"，雖同部同聲，實爲一事一物，本古今分别文，或聲音有輕重，此直相訓耳，與考、老各有本義者不同，不得相混也。又如"蔆，芰也"，"芰，蔆也"，楚謂之芰，秦謂之薢茩，皆國别方言。且梋、櫰、橡，一物也，而周秦齊魯分焉。楣、櫓、梠、槐、櫋聯一物也，而齊楚秦分焉。推之菡、藺、蓮、茄、荷、蔤、蕅以根葉雩實爲别，蒹、薕、葝、蘸以初生未秀八月已成爲異，或一物數名，或因時殊號，所以廣異稱，别種類，辨方俗，與考老之例迥不相侔。而王筠皆以爲轉注，不亦謬乎？至若異部相訓，如衣部衺下云䙌也，交部䙌下云衺也。隔字相訓，如論下云議也，議下云語也，語下云論也，恚下云恨也，恨下云怨也，怨下云恚也。又有逐字相訓，如揃之下次以搣，即訓揃爲搣。搣之下次以批，即訓搣爲批。批及揤之下爲捽，故訓批、揤皆曰捽。至捽而異名畢矣，因明訓之曰持頭髮也。更有交互相訓，如犗下云騬牛也，騬下云犗馬也，羯下云羊羖犗也，羠下云騬羊也，豶下云羠豕也，猗下云犗犬也。其事則一，而所施異名。凡斯之類，或同義異文，因物殊字，皆非轉注。俗學不察，往往牽混説之，誤矣。兹就師所原定諸文，略加分釋，發其微旨，使與鄦説相合。學者以此類推，庶足公其愚惑云爾。故諸家之説皆所不從。

西南夷長髦牛也。从牛，𠩺聲。凡犛之屬皆从犛。

犛牛尾也。从犛省，从毛。

彊曲毛，可以箸起衣。从犛省，來聲。古文犛。省。犛爲長髦牛，氂爲犛牛尾，斄爲彊曲毛。長髦牛尾毛彊曲。是犛、氂、斄三者葢同意相受，犛爲部首，與老之建類一首相合，故竝舉聲以明之。

口上阿也。从口，上象其理。凡谷之屬皆从谷。谷，或如此。或从肉，从豦。

舌皃。从谷省，象形。古文西。讀若“三年導服”之導。一曰竹上皮，讀若沾。一曰讀若誓弼字。从此。谷動則見舌㐁㐁然，其意相受。谷爲部首，㐁从谷省，是謂建類一首。

齊謂之炊爨。臼象持甑，冂爲竈口，廾推林内火。凡爨之屬皆从爨。籀文爨，省。

所以枝鬲者。从爨省，鬲省。

血祭也。象祭竈也。从爨省，从酉。酉，所以祭也。从分，分亦聲。炊爨必於竈，故从冂爲竈口。爨必有鬲，䰞以枝鬲。釁象祭竈，意皆相受。䰞、釁皆从爨省，爨爲部首，是爲一首。

界也。象田四界。聿所以畫之。凡畫之屬皆从畫。古文畫，省。亦古文畫。

日之出入，與夜爲界。从畫省，从日。从畫者，以日之出入畫分晝夜，與畫意相受，畫爲部首，故建類焉。籀文晝。

戮也。从殳，杀聲。凡殺之屬皆从殺。古文殺。古文殺。古文殺。

臣弑君也。《易》曰："臣弑其君。"从殺省，式聲。《春秋》："晋殺其大夫。"君殺臣爲殺，臣殺君爲弑，兩意相轉，故爲相受。弑與殺本二事，而意相同，又以殺爲部首，故建類一首。若一物一事，雖彼此相釋，直通訓也，不得爲轉注。

交積材也。象對交之形。凡冓之屬皆从冓。

一舉而二也。从一，冓省。

并舉也。从爪，冓省。冓象交積材，爯从爪冓省，再从

一、冓省。爪猶手也，一猶杖也，所冓積之物，當中以手持之，以杖荷之，則其物兩下并垂。故省冓之文，畫半冓形作冄，知其一在内，一在外，故再爲一舉而二，爯爲并舉也。再與爯既同意，又爲二事，而意相承受。其从冓省者，謂从冓而半折之，其意乃見也。冓爲部首，是爲建類一首。

肉之力也。从力，从肉，从竹。竹，物之多筋者。凡筋之屬皆从筋。

筋之本也。从筋省，从夗省聲。筋，或从建。葢从建聲，記作腱。

手足指節鳴也。从筋省，勺聲。筋，或省竹。筋爲筋本，筋爲筋節鳴，二者同意相受。筋爲部首，皆从筋省，是建類一首也。

崇也。象臺觀高之形。从冂、口。與倉、舍同意。凡高之屬皆从高。

小堂也。从高省，冋聲。去潁切。高，或从广，頃聲。俗又作廳。

民所安定也。亭有樓。从高省，丁聲。

京兆杜陵亭也。从高省，乇聲。臺觀崇高，高爲小堂，亭、亳皆民所安居，非絶高者，特高於平地耳，與高意相轉受也。

滿也。从高省。象高厚之形。凡畐之屬皆从畐。讀若伏。

善也。从畐省，亡聲。盈滿爲災，省畐則爲良善，是良善與畐、滿同意相受。所謂相受者，謂轉相承受也。畐爲部首，是爲一首。古文良。亦古文良。亦古文良。

鳥在木上曰巢，在穴曰窠。从木，象形。凡巢之屬皆从巢。

傾覆也。从寸，臼覆之。寸，人手也。从巢省。杜陵説以爲貶損之貶。在木爲巢，覆巢爲㝵，意轉相受。巢、㝵建類一首，是爲轉注。

橐也。从束，圂聲。凡㯻之屬皆从㯻。

囊也。从㯻省，石聲。

橐也。从㯻省，襄省聲。

車上大橐。从㯻省，咎聲。《詩》曰：“載櫜弓矢。”

囊張大皃。从㯻省，匋省聲。囊、橐通名，析言之，則有底曰囊，無底曰橐，大橐斂載爲櫜，囊口張大爲橐，是囊與橐、櫜與橐意相轉受。㯻爲部首，四者皆从㯻省，是爲建類一首。

寐而有覺也。从宀，从爿，夢聲。《周禮》：“以日月星辰占六㝱之吉凶，一曰正㝱，二曰咢㝱，三曰思㝱，四曰悟㝱，五曰喜㝱，六曰懼㝱。”凡㝱之屬皆从㝱。

病臥也。从㝱省，寑省聲。今本作寢。

臥也。从㝱省，未聲。

寐覺而有言曰寤。一曰晝見而夜㝱也。从㝱省，吾聲。籀文寤。

楚人謂寐曰㝱。从㝱省，女聲。

寐而未厭。从㝱省，米聲。

熟寐也。从㝱省，水聲。讀若悸。

臥驚病也。从㝱省，丙聲。

瞑言也。从㝱省，臬聲。

臥驚也。一曰小兒號寣寣，一曰河内相評也。从㝱省，从言。臥病曰寢，臥而無病曰寐，熟寐曰㝱，寐而未厭曰寐，寐覺有言曰寤，臥驚病曰寎，瞑言曰寱，驚評曰寣，此數者皆意轉相受，又與㝱建類一首。

厚也。从壬，東聲。凡重之屬皆从重。

稱輕重也。从重省，曏省聲。有不純重者，故量之，量之而後知其孰輕孰重也，是量與重爲同意相受。葢以輕量重，乃見其重。重爲部首，意轉相受，是爲轉注。古文量。

考也。七十曰老。从人、毛、匕，言須髮變白也。凡老之屬皆从老。

年八十曰耋。从老省，从至。

老也。从老省，旨聲。

老人面凍黎若垢。从老省，句聲。

老人面如點也。从老省，占聲。讀若耿介之耿。

老人行才相逮。从老省、昜省，行象。讀若樹。

久也。从老省，𠷎聲。

老也。从老省，丂聲。

善事父母者。从老省。从子，子承老也。老从人、毛、匕，有衰老意。考者，成也，父爲考，有成德也，故與老意轉相受。鄦叙説轉注，舉考老二字以爲例，其實耆、耇諸文皆與老同意相受者也。故師舉此皆在轉注之類。

足所依也。从尸，从彳，从夂。舟象履形。一曰尸聲。凡履之屬皆从履。古文履。从頁，从足。

履也。从履省，婁聲。一曰鞮也。

履下也。从履省，歴聲。

履屬。从履省，予聲。

屐也。从履省，喬聲。

屩也。从履省，支聲。屩、屐二文均从履省，支聲、喬聲爲别，幾疑屩、屐一物，方音殊耳。案，徐廣説：屩，艸屨也。屐下以木爲之，空彎，有齒，可以踐泥。是屩爲艸屨，屐爲木履。屩便遠行，不可踐泥，屐可踐泥，不能及遠。是義正轉相爲受，非一物也。

鹹也。从鹵，監聲。古者宿沙初作煮海鹽。凡鹽之屬皆从鹽。

河東鹽池，袤五十一里，廣七里，周百十六里。从鹽省，古聲。

鹵也。从鹽省，僉聲。不从鹵者，本鹽省也。鹽地爲鹽，煮海爲鹽，意轉相受。水和鹽爲鹼，又與煮海之意相轉受。鹽和水則不見鹽，故从鹽省也。

弓弦也。从弓，象絲軫之形。凡弦之屬皆从弦。

弸戾也。从弦省，从盭。讀若戾。小徐本“从盭”下有

“盭，引戾之也”五字，大徐所無。段玉裁改“引戾”爲“了戾”。案，弦爲張弓之弦，引之而乖戾，是爲盭。鄦以戾釋盭，明古今字也。張弓見弦弻戾，則弦反矣，故省弦見意。徐鉉曰：“盭者，擊辠人見血也。弼戾之意。”弦、盭意轉相受明矣。

匏也。从瓜，夸聲。凡瓠之屬皆从瓠。

蠡也。从瓠省，票聲。以一瓠剖爲二，則曰瓠，亦曰蠡，是瓢與瓠意相轉受。包部匏下云瓠也，與此瓠訓匏，明一物，相通訓也。既非建類一首，不得爲轉注審矣。

蠶所吐也。从二糸。凡絲之屬皆从絲。

織絹，以系貫杼也。从絲省，丱聲。以絲貫杼，將織成絹矣，故不見絲，因省絲以見意。絲貫杼則爲𢇁，是與絲意轉相受。絲爲部首，是爲建類一首。

右轉注之文六十七。

重二十。

卷八

假借

鄦君説假借曰：“本無其字，依聲託事，令、長是也。”案，令之本義爲發號也，長之本義爲久遠也，而漢制大縣爲令，小縣爲長，假爲官名矣。《春秋》楚有“令尹”，《周禮》“建其長”，其用假義，由來舊矣。葢古時字少，不足於用，往往一字兩用，故六書之有假借，所以通形、事、意、聲之窮，廣用字之法。鄦舉令長一證，而於本字下不説假義者，以不用假借則不成文，觸類皆是，不可盡舉。若自上而下，由下而上，好者好之，惡者惡之，義本引申，人所易曉，不煩言也。兹就鄦書已注明者，如爲朋黨、來爲行來之類，略著於篇，以備參考。鄦所未言，闕而不論，舉一反三，是在學者。

古文鳳。象形。鳳飛，羣鳥從以萬數，故以爲朋黨字。此鄦書説假借也。本無朋黨字，依朋之聲而託爲朋從之義。後專以爲朋黨字，而朋、鳥象形古誼反不見。葢周以前已别造从鳥凡聲之鳳爲鳳皇字。古文加鳥旁作鵬，用爲鵬鳥字者，亦俗文也。葢古止一朋字，今分而三之。假借義行，本義轉廢。故鄦於此明之。

孝鳥也。象形。孔子曰：“烏，盱呼也。取其助气，故以爲烏呼。”此引孔子説假借，本《史篇》舊文。今俗加口旁作嗚，爲“嗚呼”字。專以烏爲孝烏，此古用假義，今用本義。象古文烏省。《爾雅·釋詁》：“爰、粵，于也。”“爰、粵、于，於也”，又“於，代也”，皆假爲語詞，如《語》曰“君子之於天下”，“於彼”“於此”皆是。

周所受瑞麥來麰。一來二縫，象芒朿之形。天所來也，故爲行來之來。《詩》曰：“詒我來麰。”行來無正字，依來之聲，若瑞麥之自來也，託爲行來之義，云天所來也。引申又爲賚予，後加貝作賚，乃專以來爲行來，而來麰之義反隱。禾部有秾注云：“齊謂麥秾也。”亦後起字加禾旁。

相背也。从舛，口聲。獸皮之韋，可以束枉戾相韋背，故借以爲皮韋。韋背本虛義，假爲皮韋，則實有其物。非若朋也、烏也、來麰也，皆實物，而假爲朋黨、烏呼、行來，以虛義形容之詞用之。葢虛假爲實，實假爲虛，假借之通例也。獸皮可以束枉戾相韋背，因假爲皮韋。乃加辵作違，爲行相違離也。今“違背”“違離”字皆用違。

州里所建旗，象其柄有三游。雜帛，幅半異，所以趣民。故遽稱勿勿。凡勿之屬皆从勿。勿爲旗，所以趣民疾功事。凡疾遽者，因稱爲勿勿，假爲形容詞。又假爲“勿不”字。《語》曰：“非禮勿視。”

熊屬。足似鹿。从肉，㠯聲。能獸堅中，故稱賢能，而彊壯稱能傑也。凡能之屬皆从能。能，獸也，假爲賢能，與朋烏假爲“朋黨”字同。

鳥在巢上。象形。日在覀方而鳥棲，故因以爲東覀之覀。凡覀之屬皆从覀。隸變作西。東西之西，本難造字，因鳥西之聲而託爲西方之義，此假借之最古者。鄦獨於西下發明假義，而東方、南方、北方可類推矣。故出或體作棲，爲“棲止”字，明此西專用爲西方字。卤从古文西省，且用假義造字矣。

虫也。从虫而長，象宛曲垂尾形。上古艸居患它，故相問無它乎。凡它之屬皆从它。古無他字，依它之聲，託爲它物、它人之義。古人相問無它，因爲汎指他物。後又加虫旁作蛇，專爲蛇虫字。

右鄦書注明假借字，八文，重一文。鄦不説明假借者，以烏下引孔子古説，於于轉訓，已見《雅詁》。但此亦分二類，如朋、烏、來、勿、能、它，皆實假爲虚，若韋與𠆭，則虚義而假爲實用矣。

發號也。从亼、卩。鄦於本義下不説假義，但於叙篇舉此爲例，明假借一門，觸類皆是，不勝言也。楚有令尹，春秋前已假爲官名。漢制，大縣爲令，小縣爲長。本無令、長官名之字，依發號令之聲，託爲令尹、縣令之義，能卩制號令之人，因以爲令焉。是即令之引申義也。

久遠也。从兀，从匕。兀者，高遠意也。久則變化。亡聲。者，倒亡也。倒亡者，猶言不亡也，故爲長久。《周禮》“建其長”，秦末有郡長、亭長，漢有縣長，借爲官名。本無官長之字，依長久之聲，託爲長官之義，謂其法制恩德長久在民，乃爲民之長也。因有長老意。鄦叙舉此二文以明假借，而於篆下不説假義者，葢此類甚多，人所易曉，不煩言也。舉一反三，是在學者。

右鄦書叙篇舉以明假借者二文。鄦注於本篆下皆不説假義者，欲明古文用字多用假借，不可究詰。至如“或”訓“邦”也，从

口，从戈，以守一。一，地也。是或本古“邦國”字。樹國必相疑，因有疑惑義。可疑則或然，或不然。後遂以或問、或曰爲不定之詞。更加口爲“邦國”字，加心爲“疑惑”字。是“國”“惑”皆或之後起分别文。鄦以國入口部，惑入心部，或入戈部，出域於或下，云“或又从土”，今則分而四之，不知或爲假義也。又如其，本簸也，後用爲語詞，乃加竹作箕，爲其之分别文，而其專用假借。他如：舊本鴟舊，借爲新舊。難亦鳥也，假爲難易。舄本鵲也，借为舄履。焉，鳥黄色，用爲語助。肰爲犬肉，借爲肰否，加火爲然，俗又作燃。何爲儋負，借爲誰何，俗作擔荷。月始生霸，借爲霸王。求爲衣裘，古文借爲求請。方爲併船，借爲方正。須，面毛也，借爲所須之須。而，頰毛也，借爲轉語之詞。蜥易，蝘蜓，守宫也，借爲難易。象之大者爲豫，借爲豫備。雖，似蜥蜴而大，借爲雖然。且，薦也，从几，足有二横，一其下地也，今借爲且然。新，取木也，借爲新故。斯，析木也，所伐木聲。皆爲語詞。至於哉、乎、也者，一切助詞，尤難枚舉，皆假借之類也。此鄦所以不煩言也。

右假借之文十。

重一。

闕疑

鄦叙云：“於所不知，蓋闕如也。”故鄦書所闕者數十事，或闕其形，或闕其義，或闕其音，蓋先師失傳，鄦起後漢，紹絶學，信以傳信，疑以傳疑，是其慎也。如旁下云闕者，闕其从冂之義。若从二方聲，已明言之矣。其實，冂不成字，但指左右旁達之事，亦事之易明者。如此之類，諸家多能明之。其他若“譶”

"昏"諸文，已補注於《玉篇》諸書者，皆據補之。至如"呰""叚"諸字，雖見於它書，然不説其形、義，故所闕者於形、聲、事、意不敢臆斷，仍以存疑云爾。

窳也。闕。《漢書·地理志》云："呰窳媮生而無積聚。"應劭曰："呰，弱也。"晋灼曰："呰，病也。"如淳音紫。段玉裁以爲从此从吅，此亦聲。然鄦不入吅部而入此部，似不以爲此聲。疑莫能明。

借也。闕。此謂闕其形也。其音其義皆可知。凡叚物必以手，故从又。後又加人作假。古或以コ指所叚之物，以𠂤指所假之人，亦未知其審。古文叚。案，从彳，从冖，从又。冖指所覆藏之物。彳者，往叚之。又，持之。人指所叚之物與？譚長説叚如此，亦以彐、𠂤指兩人相叚借之事。

或曰嘼名。象形。闕。从肉，與能、龍同意。或以爲嘼名。有羸養之義。既曰象形，又無專物，故鄦不從其音，則羸、羸字皆从之得聲，舊讀郎果切是也。然不可言从亡、从口、从丮，其形義疑莫能明。

槎識也。从木、㚘。闕。《夏書》曰："隨山栞木讀若刊。"聲義皆明，但㚘不成字形，不可識，未審知其形聲與會意也，故闕。篆文从幵。壁中古文作栞。此蓋李斯所作秦文改作栞。

我也。闕。此聲義皆明，以無𠂞字，於六書，未知爲諧聲與會意與？疑莫能明，故闕《釋詁》"朕，我也"。又《考工記》函人曰："視其朕欲知其直也。"又瞽下云："目但有朕，然則凡言朕兆者，其幾甚微。如舟之縫、龜之坼也。"故段玉裁據此在舟部，當言舟縫也。从舟，灷聲。但字書無灷字，未敢遽信爲灷聲，亦不能定爲从廾火燭之見其朕否爲會意也。

闕。从丸，从女。《廣韵》讀芳萬切，則與魖娩二字同音，此並闕其音義。

闕。徐鉉曰：今篇韵音皓，又音效，注云誤也。《廣雅·釋詁》云：“𥃩誤也，是其義、其音皆明，但於六書未審，知其爲會學者䟃誤之意，抑从學諧聲耳。

右闕疑之文七。

重三。

附録

鄦叙云："博采通人，至于小大，信而有證，稽譔其説。"蓋取當世通儒，互相參訂，發明宏恉，以迪後學。兹所采者，如二徐及段、王諸家已有傳書，不必備録，若同門諸子，吕氏翼文在尊經久承師訓所説六書，多可采擇，惜無傳本。其言象形指事諸例，僅見九經、樸學，其説或不全。湘、蜀道阻，無由鉤考，略據所見，附入此篇。他若曾滌笙之論轉注，孫愓齊之説叚借，亦并録之，以備參考云爾。

吕翼文説象形十一例

鄦君説象形，云："畫成其物，隨體詰詘。"故知象形爲獨體字。蓋物有專形，體必獨具，故不嫌其同意，亦何疑其有毋。今區之爲十一例：一曰見獨體無从正例。明獨體無外加之例。據泉成川而非从川，桼如雨滴而非从雨，爲好爪而非从爪，囧闓明而非从八，鄦例章章可考，故知主之从丶也，之从乁，非其舊文明矣。二曰見畫成例。亦獨體正例。據犬下引孔子説"視犬之字如畫狗也"，又下云"手之例多略不過三也"，畫例鳌然，故知亢象人頸而云省大，禾象垂穗而云省垂，其脱譌明矣。三曰見隨體詰詘例。亦獨體正例。據乙下云冤曲，儿下云詰詘，勹下云包裹，乚下云迟曲，己下云辟藏，臣下云屈服，皆有説形之文，故知女下、心下、車下、子下不言何所斥，非其舊也。四曰見獨體變例，明物有以半體爲獨者。據㸦下倚著，故知广之對剌，卩之相合，皆半也。不嫌其半者，必畫其半體，乃爲全體也。五曰見獨體變例，明物有以合體爲獨者。冎下云頭隆骨者，嫌有兩骨也。冃下云象采井者，嫌其形之外加也。故夒之腦蓋必兼畫其臂足，乖之背呂必兼畫其脅筋，以爲不如此則形不具，然其形非外加之，固不得疑合者之非獨也。六曰見形同意例。明同而不从，與後起字異例。據工、巫同意，故知巫亦人也，本非从工。而䳐下乃云省豸。烏、鹿足相似，而烏下乃云从匕，此傳本之誤也。至於兔頭、鹿足、𥝢頭、𧓍爪之屬，例不一見，皆以明同而不从獨體之例。然則[①]自指事以下皆言从，則後起字之例也。七曰見古今字例。補師説所遺。獨體無从，乃爲古字。蕢下、嗌下、柙下、番下、鳳下皆坿象形，古字是也。八曰見變通字例。明造字者不一師，有繁簡而無古今。凡一文數字異時，則曰古今字，同時則曰變通字。如燕繁而乞簡，然同一獨體之字，不可以一畫之。乞爲古於燕也。白之省自亦然。故鄦君於白下舉通變之明例，云："此亦自字也。省自者，詞言之气從鼻出，與口相助也。"省亦簡也，簡與繁各有主義，皆以形舉，非如从省之省對於所从之省者，爲後起也。九曰駁師説。如卜下、丩下皆見一曰駁文。蓋嫌灼與龜爲兩事，不如縱横之專斥兆者爲長。丩下云相糾繚，相之詞若有兩物，故駁云瓜瓠自結。凡所以明獨體之例。據此知井下言甕，非其舊也。十曰補師説。凡一曰、或曰、或説、或言，亦與前一義不相戾者，皆補師説之所遺也。如壬下、㔾下及甲、乙、丙、丁、戊、己、庚、辛、壬、癸諸文下，皆有一曰是也。十一曰駁正篆。自秦時八體亡，新六書龐襍，非一官書，承用既久，學者習非迷是。當

① 然則，原作"則然"，據文義改。

時師説誤入正篆，故鄦君正之。有駁隸、變隸、省之迹者，如我下、民下、革下、酉下是也。有駁象形加聲之俗字者，如齒下、圅下、金下是也。有駁象形加偏旁之俗字者，如鐙下、笠下、䍃下、衰下、裘下、秝下是也。學者能於此十一例推闡其説，則於鄦君象形之家法，思過半矣。

吕翼文説指事六例

象形者，實有其物。事則虚形而已，故謂之事。其例繼象形而起，故皆从象形字起之。既無實體，則必依坿於所从以爲體，既有从矣，則無體而有體，無形而有形。然由母形以起，子形則已自爲一事，非復母文之指矣。故指之所在，即事之所在，若指其掌然。故曰："視而可識，察而可見也。" 羲農之世，削書伊始，踵事增華，當在倉頡、沮誦之官守。蓋聖人不空作，必有依據。既窮於形，則必依形以起義。羣演既深，文化繁縟，則會意、諧聲之無形而有體者矣。粤稽其例，蓋有六焉。皆無專形專字，必待有以起之而義始顯者。一曰雙文起義之例。此指事之椎輪也。鄦君舉丄、丅爲例，以一爲體，則高底之義相起而明。自傳本濫脱，上、下不言从一，孑、孓誤爲象形，其例大亂矣。然鄦君引而不發者，皆往往於説解中舉其明例。如𠫓下云："不孝子𠫓出，不容於内也。从到子。" 以是知到人、到首皆坿形也，反仄、反身皆因體也。此單文起義之例也。由是增其文以起其義，則廴、㢟之以彳、㢟爲體是也。引之、曳之既無專字，則非會意之流可知也。欲以起其長行傳世之義，故引之、曳之而可見也。由是省其文以起其義，則片、夕之以木、月爲體是也。後起之字既非广、㔾之自具其體从省之例，又非若家、哭之更製正字，故知起義之義，同出而異名也。若夫二虫爲䖵，三木爲森，四止爲𣥜，亦以合而見誼，不外於會意之支流。然以觀象之例言之，則此䖵、森、𣥜者，實以複之而起義，非以合之而成訓也。故知複其文以起其義，亦指事之旨趣也。至若交尣之爲交爲跛，步𣥠之相承，雖無所增省於母字之體，實已演進於繁變之文。則其例之主於以變爲起義者，猶之主於以複爲起義，而皆不可强坿之於形意之區者也。指事之例，自來説者不了，故通推鄦法，理其脱譌，以待憤悱之君子。庶幾有同心之雅，而不斥爲詭辯也夫。

吕翼文説會意三例

會意在彌文之世，踵事增華，比類合誼，以成一字。如人、毛、化、𦥑、推、芔、棄、采之屬，皆連文成訓，無子母輕重，故翼文以爲象形、會意皆無偏旁之學，不可以屬之部首也。神農氏制器理財，治化漸啟，唐虞之世，典樂修禮，文字之用益廣。造文者乃比合形事而爲會意，由是遞推遞演，不可勝窮矣。據鄦君明例，有純用本義者，此最初之師法，再傳乃有以本義、訓義相裸而成訓者，如武下舉止之訓義，甘下舉一之訓義是也。學風所播，恢之彌廣，造字者既不一師，則純用訓義者比比然矣。如半下兩舉大與分之訓，法下兩舉平與觸之訓是也。而鄉曲無師之學，不識漢人舊義，乃徒以二體三體相合爲例，則鄦法之亡久矣。謙案，鄦説會意，首舉武信爲例。如吕所説，戈爲本義，止爲訓義，相裸成訓，則鄦君何不取閏、肅諸文之純用本義者以爲例乎？不知止爲下基，是其本義，止足、止此皆叚義也。武基於用戈，止於不用戈，二義正相成足，不必强爲分別。

吕翼文説諧聲三例

諧聲師法起於義之所窮，故以聲譬之。古無其字，而有其聲，自人呼之，其始銜口而出，皆有由。然則，聲以義起也，地異世殊，聲轉遞變，源流莫考，義始難窮。於是有有聲無義者矣，然其字皆繫於名，固不嫌於聲之無義，此所謂偏旁之學，即以通形之事爲名，其所譬之聲，不過若擯相之從君耳。故翼文以爲，會意之例如昆弟，無子母輕重，諧聲之例如夫婦，名從主人，聲自外來，故曰諧聲無二名，以其無兩族、兩事也。鄦書皆有明例，足證傳本濫脱之迹。嘗試推之，當時師法，葢有兩例。工以聲繫，可以義傳。据芋、芰諸説，章章可考，則知河下之舊説葢久佚矣。若夫江之譬聲，葢工、洪聲轉，玒下讀若，即其孤證，然既呼之爲工，勢不能舍聲而求義，此楚語、齊語，陳、宋語所爲因時而制字，非有音韵之學也。故家之从豭，哭之从獄，亦以聲之所繫，久成典憲，雖更製从宀、吅之正字，而不可置豭、獄之義於不問，使後世之考文者數典而忘其祖則。又洪工之變例，而介乎聲義之間，此省聲之師法所由立也。凡云省者，皆其義所從出，而亦在譬聲之例，故知介乎聲義之間，爲洪工之變例也。鄦君自叙但舉江河而説解，則有省聲之例者，以家、哭爲後起之支流，非諧聲之正例也。

曾國藩説轉注

戴氏專以訓詁解轉注，義有未盡，誠爲確論。至謂會意之老，形聲之考，焯然已知，而疑鄦氏合此二字爲轉注者，爲失之贅，則竊以爲不可。鄦君固非絶無可議者，惟指考、老爲轉注，則在不可議之列。彼意謂履本訓踐，其所爲踐之具者爲轉注，是以虚用者爲本訓，實用者爲轉注。凡古今文字，何字不有虚、實兩用。如屨字以實用者爲本訓，而《羽獵賦》之“屨般首”，則虚用矣。舄字以實用者爲本訓，而《魯頌》之“松桷有舄”，則虚用矣。推之衣、巾、冠、帶，皆實字也，而《孟子》之衣褐，《周禮》之巾車，《史記》之冠玉，《月令》之帶弓，則虚用矣。宫、室、門、户皆實字也，而《爾雅》之“大山宫小山”，《左傳》之“復室其子”，《公羊》之“無人門焉”者，《漢書》之“王嘉户殿門”，則虚用矣。將循履字之例，概以虚者爲本義，實者爲轉注乎？抑有時以虚者命爲轉注乎？曩嘗譏戴、段二家以一部《爾雅》全目爲轉注，以五百四十部首全目爲轉注，以爲何必六書，止此一書足矣。今所述其病，殆亦近之。竊謂許氏考、老之指，以謂老者會意字也，考者轉注字也。部首之可指數者，如犛部、㸑部、畫部、眉部、冓部、筋部、稽部、㯻部、㝱部、重部、老部、履部、㱃部、鹽部、弦部、西部，皆轉注之部也。凡形聲之字，大抵以左體爲母，以右體之得聲者爲子，而母字从無省畫者。凡轉注之字，大抵以會意之字爲母，亦以得聲者爲子，而母字从無不省畫者。省畫則母字之形不全。何以知子之所自來？惟好學深思，精心研究，則形雖不全而意可相受。如老字雖省去匕字，而可知考、耊等字之意从老而來。履字雖省去舟文，而可知屨、屐等字之意从履而來。㯻字雖省去豕字，而可知囊、槖等字之意从㯻而來。㝱字雖省去夢字，而可知寤、寐等字之意从㝱而來。推之犛、㸑、畫、眉等部，莫不皆然。其曰建類一首者，母字之形模尚具也。其曰同意相受者，母字之畫省而意存也。抑又有進者，轉注之字，其部首固多會意者矣，亦有不盡然者。如鹽，从鹵，監聲，形聲字也，而所屬鹽、鹼等字仍不害其爲轉注之字。歆，从欠，畬聲，形聲字也，而所屬之歠仍不害其爲轉注之字。至於酉者，象形字也，本不得目爲轉注之部，特以酉字之才不足以統所屬之字，似應别立酒部，而於醞、釀、醻、醋、醇、醨等字增曰“从酒省，昷聲”“从酒省，襄聲”“从酒省，壽聲”“昔聲”“享聲”“離聲”，云云，乃與全書義例相合。蓋此等字本不僅胚胎於酉字，實由酒字貫注而來。斯又許君所未指爲轉注，而不害其爲轉注者也。

孫經世説假借

六書之有假借也，本無其字，而依聲託事。後聖所爲，迯指事、象形、形聲、會意、轉注之窮而。而通其用於不窮者，蓋舍是無由，故令長一證，許氏特偶舉㠯見例，其實此例散見於《説文》諸部，固指不勝屈焉。

今考諸部解語，有言故爲、故㠯爲、或㠯爲者，凡㠯明夫此之可借爲彼也。如𠑹下云“故㠯爲朋黨字”，烏下云“故㠯爲烏呼”，來下云“故爲行來之來”，韋下云“故借㠯爲皮韋”，㢴下云“故因㠯爲東西之西”，𩏂下云“或㠯爲首𩏂”，止下云“故㠯止爲足”，是也。而嗇之爲嗇夫，能之爲能傑，州之爲九州，㠯及子之借㠯偁人，勿之借㠯偁遽，不肖之借㠯偁不佀其先，視此也。

有言《書》㠯爲、古文㠯爲、籒文㠯爲者，凡㠯明夫借此爲彼之淵源自古也。如𢾊下云“《周書》㠯爲討”，中下云“古文㠯爲屮字”，疋下云“古文㠯爲《詩・大雅》字，亦㠯爲足字”，詖下云“古文㠯爲頗字”，臤下云“古文㠯爲賢字”，㗊下云“古文㠯爲靦字”，丂下云“古文㠯爲亐字，又㠯爲巧字；哥下云“古文㠯爲譌字"，㬎下云"古文㠯爲顯字"，㫃下云"古文㫃，古文㠯爲魯衛之魯"，完下云"古文㠯爲寬字"，傛下云"古文㠯爲訓字"，臭下云"古文㠯爲澤字"，汓下云"古文或㠯爲浭字"，澙下云"古文㠯爲灑埽字"，丌下云"古文且，又㠯爲几字"，童下云"廿，古文㠯爲疾字"，鼎下云"古文㠯貝爲鼎，籀文㠯鼎爲貝"，爰下云"籀文㠯爲車轅字"，是也。而古文豕之即爲古文亥，篆文㕣之即爲古文沇，篆文莢之即爲古文蒄，篆文𩫖之即爲古文墉，篆文㝵之即爲古文得，篆文禼之即爲古文偰，篆文孌之即爲籀文嫋，㠯及《周書》之伯𡘋爲古文冏，《商書》之咢㰉古文作由枿，視此也。

有言《史篇》㠯爲、杜林㠯爲、楊雄㠯爲、賈侍中㠯爲者，凡㠯明夫借此爲彼之傳授有人也。如姚下云"《史篇》㠯爲姚易也"，㲋下云"杜林㠯爲麒麟字"，構下云"杜林㠯爲椽桷字"，㝵下云"杜林㠯爲貶損之貶"，𨐦下云"杜林㠯爲竹筥，楊雄㠯爲蒲器"，斡下云"楊雄、杜林皆㠯爲軺車輪斡"，厄下云"賈侍中㠯爲厄裹也"，亞下云"賈侍中㠯爲次第也"，是也。而娸爲醜，董爲蘠根，橢爲椅，㙙爲法度，蹢躅爲足垢，稽、穞、䅐爲木名之各本諸杜、賈，㠯及禼爲猛獸之出自歐陽喬，㠻爲封豕之屬之出自司馬相如，視此也。

有言亦如是、亦如此者，凡㠯明夫彼之義不同此，而亦借此㠯爲之也。如堋下云"《虞書》'堋淫于家'亦如是"，鎬下云"武王所都在長安西上林苑中，字亦如此"，嬉下云"闟嬉亦如此"，是也。而《虞書》䔾字之即借目少精之眊，丹朱字之即借純赤之絑，視此也。

有言或說、一說、或曰、一曰者，凡㠯明夫借此爲彼之自成一義也。如皀下云"或說一粒也"，我下云"或說頃頓也"，𠱠下云“或説鼊薄也”，澥下云“一説即澥谷也”，爂下云“或曰拳勇字”，賜下云“或曰古偩字”，霾下云“或曰早霜也”，巴下云“或曰食象它”，娃下云“或曰吴楚之閒謂好娃”，羠下云“或曰羠羊百斤ㄐ又爲羠”，焦下云“一曰鷮字”，解下云“一曰解廌獸也”，奇下云“一曰不耦”，虒下云“一曰師子”，袤下云“一曰南北曰袤”，猶下云“一曰隴西謂犬子爲猶”，薏下云“一曰十萬曰薏”，滷下云“一曰半瀚也”，沾下云“一曰益也”，灊下云“一曰漢爲灊”，婺下云“一曰《虞書》雉婺”，鮞下云“一曰魚之美者，東海之鮞”，翬下云“一曰伊洛而南雉五采皆備曰翬”，是也。而他凡本義後别出一義，視此也。

有言一曰，而後引經傳以實之者，凡㠯明夫某之借義當屬之某，而非可槪爲施也。如假下云“一曰至也”，而引《虞書》“假于上下”。竘下云“一曰匠也”，而引《逸周書》“竘匠”。湑下云“一曰露皃”，而引《詩》“零露湑兮”。鎛下云“一曰田器”，而引《詩》“庤乃錢鎛”。麓下云“一曰林屬於山爲麓”，而引《春秋傳》“沙麓崩”。婐下云“一曰女侍曰婐”，而引《孟子》“舜爲天子，二女婐”是也。而附婁之婁之爲小土山，而證㠯《春秋傳》“附婁無松柏”，視此也。

有别引經傳，而特申其説爲某者，凡㠯明夫某之見某，乃其借義，而無容與本義混也。如堲下引《虞書》“龍，朕堲讒説殄行”，而云“堲，疾惡也”。枯下引《虞書》“惟箘簬枯”，而云“木名也”；圛下引《商書》曰“圛”，而云“圛者，升雲半有半無”。搯下引《周書》“師乃搯”，而云“搯者，擂兵刃以習擊刺也”。貔下引《詩》“獻其貔皮”、《周書》“如虎如貔”，而云“貔，猛獸”。悆下引《周書》有“疾不悆”，而云“悆，喜也”。萈下引《周書》“布重萈席”，而云“織蒻席也”。戔下引《周書》

"戔戔"，而云"巧言"。斁下引《詩》"服之無斁"，而云"斁猒也"。庮下引《周禮》"牛夜鳴則庮"，而云"臭如朽木"。褘下引《周禮》"王后之服褘衣"，而云"謂畫袍"。皋下引《周禮》"詔來鼓皋舞"，而云"皋，告之也"。麗下引《禮》"麗皮納聘"，而云"葢鹿皮也"。趡下引《春秋傳》"盟于趡"，而云"趡，地名"。枵下引《春秋傳》"歲在元枵"，而云"枵，虛也"。馮下引《春秋傳》"馮馬百駟"，而云"畫馬也"。斛下引《爾雅》"斛謂之疀"，而云"古田器也"。嬃下引《楚詞》"女嬃之嬋媛"，而云"賈侍中說楚人謂姊爲嬃"，是也。而《易》"突如其來"如之即爲𠫓，《周禮》"柔皮之工鮑氏"之即爲鞄，目及"虎竊毛爲虦苗"之竊之義取諸淺，視此也。凡此皆明言假借也。

抑有不明言假借，而可彼此參互而得之者。如忼，忼慨也，而引《易》"忼龍有悔"，則目忼、亢聲同而借之也。黷，握持垢也，而引《易》"再三黷"，則黷、嬻聲同而借之也。𦆽，希屬也，而引《虞書》"𦆽類于上帝"，則目𦆽、肆聲同而借之也。殛，殊也，而引《虞書》"殛鯀于羽山"，則目殛、極聲同而借之也。繪，會五采繡也，而引《虞書》"山龍蕐蟲作繪"、《論語》"繪事後絭"，則以繪、繢聲同而借之也。戚，戉也，而引《商書》"率籲眾戚"，則目戚、慽聲同而借之也。炪，火光也，而引《商書》"予亦炪謀"，則目炪、拙聲同而借之也。玫，人姓也，而引《商書》"無有作玫"，則目玫、好聲同而借之也。狟，犬行也，而引《周書》"尚狟狟"，則目狟、桓聲同而借之也。辥，治也，而引《周書》"我之不辥"，則目辥、避聲同而借之也。嫭，婦人妊身也，而引《周書》"至于嫭婦"，則目嫭、屬聲同而借之也。䂂䂂䂂也，而引《周書》"畏于民䂂"，則目䂂、僭聲同而借之也。眲氏目視也，而引《周書》"武王惟眲"，則目眲、冒聲同而借之也。攼，迮也，而引《周書》“常攼常任”，則㠯攼、伯聲同而借之也。諭，問也，而引《周書》“勿以諭人”，則㠯諭、憸聲同而借之也。宷，臧也，而引《周書》“陳宷赤刀”，則㠯宷、寶聲同而借之也。緢，旄絲也，而引《周書》“維緢有稽”，則㠯緢、貌聲同而借之也。侒，完也，而引《逸周書》“㠯侒伯父”，則㠯侒、溷聲同而借之也。芼，艸覆蔓也，而引《詩》“左右芼之”，則㠯芼、頚聲同而借之也。夃，市買多得也，而引《詩》“我夃酌彼金罍”，則㠯夃、姑聲同而借之也。晤，明也，而引《詩》“晤辟有摽”，則㠯晤、寤聲同而借之也。瞏，目相戲也，而引《詩》“瞏婉之求”，則㠯瞏、晏聲同而借之也。耽，耳大垂也，而引《詩》“士之耽兮”，則㠯媅、耽聲同而借之也。瞏，目驚視也，而引《詩》“獨行瞏瞏”，則㠯瞏、煢聲同而借之也。嬌，含怒也，而引《詩》“碩大且嬌”，則㠯嬌、儼聲同而借之也。俁，大也，而引《詩》“伾伾俁俁”，則昀即駓之借也。枖下引《詩》“桃之夭夭”，媄下復引作媄，則㠯知媄即枖之借也。汜下引《詩》“江有汜”，洍下復引作洍，則㠯知洍即汜之借也。姝下引《詩》“静女其姝”，袾下復引作袾，則㠯知袾即姝之借也。褻下引《詩》“是褻袢也”，紲下復引作紲，則㠯知紲即褻之借也。薈下引《詩》“薈兮蔚兮”，嬒下復引作嬒，則㠯知嬒即薈之借也。躓下引《詩》“載躓其尾”，疐下復引作疐，則㠯知疐即躓之借也。僛下引《詩》“婁舞僛僛”，㛴下復引作㛴，則㠯知㛴即僛之借也。叏下引《詩》“叏兮達兮”，達下復引作挑，則㠯知挑即叏之借也。廰下引《詩》“廰彼淮夷”，瞿下復引作穬，則㠯知穬即廰之借也。艴下引《論語》“色艴如也”，孛下復引作孛，則㠯知孛即艴之借也。嬛下引《春秋傳》“嬛嬛在疚”，宂下復引《詩》作宂，忨下引《春秋傳》“忨歲而潵日”，翫下復引作翫、作惕，則目知㝩即疚之借，𩐨與惕即忼與㵾之借也。𨠯下引《商書》“西伯戡𨠯”，𢦟下復引作黎，毴下引《虞書》“鳥獸毴髦”，𣰵下復引作𣰵、作毛，逑下引《虞書》“旁逑孱功”，𠈧下復引作救、作𠈧，則目知黎即𨠯之借，𣰵即毴之借，救即逑之借，而髦與孱又即毛與𠈧之借也。是則目前後文互勘焉而可得者也。

又如匪，佀竹匧器也，而媾下引《易》“匪寇婚媾”，則目知匪之可借爲非也。栝，㯻也，而杶下引《夏書》“杶榦栝柏”，則目知栝之可借爲檜也。繁，馬髦飾也，而𣜩下引《商書》“庶艸繁𣜩”，則目知繁之可借爲蕃也。后，繼體君也，而詷下引《周書》“在后之詷”，則目知后之可借爲後也。宿，止也，而詫下引《周書》“王三宿三祭三詫”，則目知宿之可借爲肅也。猗，犗犬也，而㸒下引《周書》“㸒㸒猗”，則目知猗之可借爲兮也。爪，丮也，而䝟下引《逸周書》“䝟有爪”，則目知爪之可借爲叉也。輖，重也，而惄下引《詩》“惄如輖飢”，則目知輖之可借爲輖也。兩，二十四銖也，而髳下引《詩》“紞彼兩髳”，則目知兩之可借爲㒳也。施，旗皃也，而罛下引《詩》“施罛濊濊”，則目知施之可借爲㢮也。渼，溉灌也，而軜下引《詩》“渼目觼軜”，則目知渼之可借爲鋈也。棘，小棗也，而𩱧下引《詩》“棘人𩱧𩱧”，則目知棘之可借爲亟也。納，絲溼納納也，而𦩷下引《詩》“納于𦩷陰”，則目知納之可借爲内也。視，瞻也，而佻下引《詩》“視民不佻”，則目知視之可借爲示也。夢，不明也，而牧下引《詩》：“牧人乃夢”，則目知夢之可借爲𡬖也。巨，規巨也，而業下引《詩》“巨業維樅”，則目知巨之可借爲虡也。革，獸皮去毛也，而瑲下引《詩》“鞗革有瑲”，則目知革之可借爲勒也。朱，赤心木也，而綅下引《詩》“貝冑朱綅”，則目知朱之可借爲絑也。和，相應也，而鬻下引《詩》“亦有和鬻”，則目知和之可借爲盉也。萌，艸芽也，而耡下引《周禮》“目興耡利萌”，則目知萌之可借爲氓也。率，捕鳥畢也，而旗下引《周禮》“率都建旗”，則目知率之可借爲衛也。洗，洒足也，而觶下引《禮》“一人洗舉觶”，則目知洗之可借爲洒也。孼，庶子也，而薀下引《春秋傳》“薀利生孼”，則目知孼之可借爲蠥也。豙，亡也，而痁下引《春秋傳》“齊侯疥遂痁”，則目引《易》“夕惕若厲”，則目知若之借義爲相若也。或，邦也，而鞶下引《易》“或錫之鞶帶”，則目知或之借義爲或然也。畜，田畜也，而牨下引《易》“畜牨牛吉”則目知畜之借義爲畜養也。節，竹約也，而卮下引《易》“君子節飲食”，則目知飾之借義爲節制也。參，曑星也，而兩下引《易》“參天兩地”，則目知參之借義爲參兩也。萬，蟲也，而暵下引《易》“燥萬物者莫暵乎火”，則目知萬之借義爲千萬也。戲，三軍之偏也，而謔下引《詩》“善戲謔兮”，則目知戲之借義爲嬉戲也。報，當辠人也，而瑤下引《詩》“報之目瓊瑤”，則目知報之借義爲施報也。乾，上出也，而灘下引《詩》“灘其乾矣”，則目知乾之借義爲乾燥也。獨，犬相得而鬥也，而踽下引《詩》“獨行踽踽”，則目知獨之目知衹之可借目言適也。觱，羌人所龡角屠觱也，而濫下引《詩》“觱沸濫泉”，則目知觱之可借目言泉出也。浩浩水也，而枯下引《詩》“榛枯浩浩”，則目知浩之可借目言眾多也。䒌，日且冥也，而藟下引《詩》“莽莽葛藟”，則目知莽之可借目言茂盛也。岐，岐山也，而嶷下引《詩》“克岐克嶷”，則目知岐之可借目言有知也。衮，衮衣也，而穮下引《春秋傳》“是穮是衮”，則目知衮之可借目言雝本也。榦，築牆耑木也，而楄下引《春秋傳》“楄部薦榦”，則目知榦之可借目言骸骨也。喙，口也，而餀下引《爾雅》“餀謂之喙”，則目知喙之可借目言食臭也。好，美也，肉，胾肉也，而瑗下引《爾雅》“好倍肉謂之瑗”，則目知好與肉之可借目言孔言邊也。若，擇菜也，而鬋下借義爲孤獨也。宛，屈艸自覆也，而坻下引《詩》“宛在水中坻”，則目知宛之借義爲宛然也。彼，往有所加也，而薾下引《詩》“彼薾惟何”，則目知彼之借義爲彼此也。去，人相違也，而蟦下引《詩》“去其螟蟦”，則目知去之借義爲除去也。終，絿絲也，而俶下引《詩》“令終有俶”，則目知終之借義爲終始也。縣，繫也，而佻下引《周禮》“縣鄙建旐”，則目知縣之借義爲鄙縣也。獲，獵所獲也，而取下引《周禮》“獲者取左耳”，則目知獲之借義爲捕獲也。涂，涂水也，而遷下引《春秋傳》“脩涂梁溠”，則目知涂之借義爲涂路也。𠫓，禾麥吐穗上平也，而捷下引《春秋傳》“𠫓人來獻戎捷”，則目知𠫓之借義爲𠫓魯也。爾，麗爾也，而茜下引《春秋傳》“爾貢包茅不入”，則目知爾之借義爲爾汝也。雝，雝鶵也，而巛下引《春秋傳》“川雝爲澤”，則目知雝之借義爲雝塞也。廣，殿之大屋也，而㬥下引《春秋傳》“晋人或目廣隊”，則目知廣之借義爲廣車也。甲，甲乙也，而擐下引《春秋傳》“擐甲執兵”，則目知甲之借義爲甲胄也。盛，黍稷在器中也，而𧝓下引《春秋傳》“盛夏重𧝓”，則目知盛之借義爲壯盛也。御，使馬也，而珠下引《春秋國語》“珠足目御火災”，則目知御之借義爲扞御也。離，離黄也，而昃下引《易》“日昃之離”，仳下引《詩》“有女仳離”，覒下引《爾雅》“覒髳弗離”，則目知離之借義爲離明，爲離别，爲彌離也。方，併船也，將，帥也，而圮下引《虞書》“方命圮族”，昌下引《詩》“東方昌矣”，娠下引《春秋傳》“后緡方娠”，娍下引《詩》“有娍方將”，彝下引《周禮》“目待祼將之禮”，掫下引《春秋傳》“賓將掫”，則目知方之借義爲方棄、爲方位、爲方然，將之借義爲將大、爲將送、爲將然也。是則目本文與旁見之文互證焉而可得者也。凡此皆得之所引經傳也。

引經傳而外，其借義多坿他字訓釋中。如於順言理，即㠯見治玉之理之叉爲順也。於𠀤言常，即㠯見下裙之常之叉爲𠀤也。於喜言樂，即㠯見音樂之叉爲喜也。於通言達，即㠯見行不相遇之達之叉爲通也。於親言至，即㠯見鳥飛從高下至地之至之叉爲親也。於專言布，即㠯見枲織之布之叉爲專也。於儉言約，即㠯見約束之約之叉爲儉也。於可言肎，即㠯見骨肉間肎肎箸之肎之叉爲可也。於計言會，即㠯見會合之會之叉爲計也。於詒言遺，即㠯見遺亡之遺之叉爲詒也。於速言疾，即㠯見疾病之疾之叉爲速也。於俗言習，即㠯見數飛之習之叉爲俗也。於代言更，即㠯見更改之更之叉爲代也。於償言還，即㠯見還返之還之叉爲償也。於偭言鄉，即㠯見鄉黨之鄉之叉爲偭也。於賃言庸，即㠯見訓用之庸之叉爲賃也。於緣言純，即㠯見訓絲之純之叉爲緣也。於瓢言蠡，即㠯見蟲齧木中之蠡之叉爲瓢也。於相言臿，即㠯見舂去麥皮之臿之叉爲相也。於尗言豆，即㠯見古食肉器之豆之叉爲尗也。於注言灌，即㠯見灌水之灌之叉爲注也。於愆言過，即㠯見過度之過之叉爲愆也。於憎言惡，即㠯見過惡之惡之叉爲憎也。於諜言反間，即㠯見間隙之間之叉爲諜也。於候言司望，即㠯見司事之司之叉爲候也。於略言經略，即㠯見織从絲之經之叉爲略也。於淺言不深，即㠯見深水之深之叉爲不淺也。於暫言不久，即㠯見从後灸之之久之叉爲非暫也。於忘言不識，即㠯見知識之識之叉爲不忘也。於假言非真，即㠯見僊人變形登天之真之叉爲不假也。於廷言倝中，於覲言秋倝，即㠯見倝夕之倝之叉爲朝廷，爲朝覲也。於艱言難治，於險言阻難，於遞、於踧，言更易、言平易，即㠯見鷬鳥之難之叉爲艱、爲險，蜥易之易之叉爲更、爲平也。於遹、於般皆言辟，於任、於堨皆言保，於撥、於討皆言治，於儀、於擬、於過皆言度，即㠯見訓法之辟之叉爲遹、爲般，訓養之保之又爲任、爲堨，治水之治之又爲撥、爲討，法制之度之又爲儀、爲擬、爲過也。凡若此類，亦皆目本文與旁見之文互證焉而可得者也。是又得之引經傳外也。

要而論之，假借則一，而其例有正有變。無其字而借，而所借皆同聲之字，是則爲正。有其字而借，及所借非同聲之字，是則爲變。《説文》於引古及襲用成語，往往正、變錯出，至自爲注義，則概從其正，間或偶涉於變。如釁下云"酉，所目祭也"，借酉爲酒。會下云"曾，益也"，借曾爲增。皀下云"匕，合也"，借匕爲比。旞下云"允，進也"，借允爲䟖。寡下云"頒，分也"，借頒爲班。朢下云"壬，朝廷也"，借壬爲廷。孫下云"系，續也"，借系爲繼。此例要亦寥寥無幾焉。誠目變之可參，不若正之可守也。讀《説文》者，於諸部解語，别其字之孰爲借，復别其所借之孰爲正，孰爲變，而引而伸之，貫而通之，則於六書之學，思過半矣。

謙案，假借必以本無其字，依聲託義爲是。若本有專字，又復同聲假借，此漢人用字之法，非《史篇》舊例也。孫氏所説不無可訾，王筠辨之，亦未盡是。其蔽在不推造字之原，而强分於用字之後。雖盡取鄦君説解而分别之，猶不足盡假借之恉。王筠既有專書，不必備録，得此亦足參證矣。

此八卷，九千三百五十三文，重一千二百六十二。説解凡二十二萬六千七百六十八字。首以象形，天、地、人、物，畫其全體，斯爲實形。畫不成物，則指以事，或省之，或增之，必坿於形以見義。或分半象，或得一體，如耳目口鼻，名爲畫形，實指所事，皆指事之支流也。事不可明，則會以意。兩意相足，其義始成，猶會合也。若兩者不足，或三之四之，取足其意而已，非别有深義也。至若同一物也，而有牝牡之殊，則非象形所能窮。同一事也，而有議論之異，則非會意所能竟。此形聲、諧聲之所由判也。蓋聲音之始，與天地俱來，未有是字，先有是聲。近江者呼江，近河者呼河，皆以水爲形，不得不譬以工、可之聲，猶之鴉鳴“呀呀”，鵝鳴“哦哦”，但畫鳥形，則無以別，必譬以牙、我之聲，而後其物乃分。若更取義，何以説乎？此形聲之字取聲不取義明矣。若諧聲，既取事、意之文以爲之主，則所諧者，直聲而已，所謂名從主人，聲自外來，儷然妃合也。强於聲中求義，反有奪主之嫌。然亦聲諸文，鄦又明言聲兼義者，蓋大徐所竄亂，非其舊也。其實皆諧聲之屬，不更取義，自亂六書，故次於諧聲之後，使形、事、意、聲四者釐然，不至厖襍。然後通以轉注，用以假借，而文字之道備矣。故以假借終焉。至若聲、義不明，本鄦所闕，小子何知，聞疑載疑。既據陳子所編，兼采吕氏之説，坿以曾、孫之論，益以常、程之篆，增兹美富，宏我疏陋。其有削觚闡祕，載榼研奇，庶昭所訧，企予望之。

校補許氏説文古籀釋

序

光緒丙戌冬，重校許氏《説文》，其中有古籀未加注釋者，檢閱時一一補之。今長夏無事，囑周子蔆生及伯諒寫正後，尚有未盡者，即於上改之，俟補遺校閱後一併寫正。

丁亥小暑前一日壬父

《説文》前列古文無説解者試比附六書諸例及所見古書金石補之

《説文》列古文四百餘條，不必皆倉頡古文也。許君不見倉頡古文，但見亡新時甄豐所定古文，厥有五證。許君《自叙》稱秦燒滅經書而古文由此絶，是秦時已無倉頡古文，故秦書八體，不數古文，許君安得而見之？證一。《叙》又稱："及亡新居攝，使大司空甄豐等校文書之部，自以爲應制作，頗改定古文。時有六書，一曰古文，孔子壁中書也。二曰奇字，即古文而異者也。"《叙》又有"皆不合孔氏古文"及其稱"易孟氏""書孔氏""詩毛氏""禮周官""春秋左氏""論語""孝經"，皆古文之語，所理古文，皆即甄豐所定。本書中"兒"下稱"古文奇字人"，"無"下稱"奇字無"，"仺"下稱"奇字倉"，奇字爲甄豐所定，許既引之以證文字，則古文亦爲甄豐古文無疑。證二。《叙》又云："郡國亦往往於山川得鼎彝，其銘即前代之古文，皆自相似。雖叵復見遠流，其詳可得而略説也。"夫曰"相似曰叵復見遠流"，則前代古文，許氏亦疑而不决，許不見倉頡古文。證三。最初古文象形多而形聲少，其（其）合二體、三體、四體爲一字者，則爲後起古文。弌、弍、弎不必古於一、二、三，而弌、弍、弎爲古文，則一、二、三爲最初古文。段氏所謂仍則小篆皆古籒也。弌、弍、弎爲後起古文，後起古文即甄豐所定，許以弌、弍、弎爲古文，是所見爲甄豐古文。證四。段氏謂弌爲古文奇字，奇字亦甄豐所定。倉頡古文經史籀之手而其體已變，故許氏謂其與古文或異，而又經李斯省改，古文豈復存真？孔鮒藏書壁中，事在始皇三十四年，而鄭君謂《禮記·月令》爲《吕氏春秋·十二紀》之首，俞氏《群經平義·中庸》又謂"車同軌，書同文"爲秦時人語；則孔鮒寫書尚在二十六年之後，其字體已非倉頡之舊，而又爲甄豐所改，宜其雜亂。故許氏所録古文有從或體者，有從籀篆者，其必出甄豐所定無疑。證五。大率象形、指事之字爲最初古文，會意、形聲之字爲後起古文，其古文與篆文重復，此古文在先，篆文在後，尤可見古人一字數用之例，此所謂叚借也。許君于𠀅字下偁"古文亥爲豕，與豕同"，尤其明證。許録古文言象形者甚多，間亦有著明形聲、假借之處，更有引古書、金石以證明本字者，今仿其意，補所闕遺，分别部居，蓋有四類：一古文與篆文合。二古文增多於篆文。三古文省減於篆文。四古文與篆文異。指事、象形、形聲、會意四者，逐字著明；叚借之例間亦附；其字體絕不可解與後人羼入之古文，別爲闕疑一篇。有説解者，嚴氏多指後人校語，此論極確。故称古文從某者，每多譌誤，悉補正之，雖以古文爲正篆者不録。重文稱篆文其正文爲古文者。轉注之例，建類一首，同意相受，如耂部之有考、耋、耇、耆是也。古文散見于各字之下，安有此例？故轉注闕焉。

古文與篆文合

古文與篆文合者，或古文所從之字與篆文所從之字彼此相通；或古文點畫即就篆文點畫而屈曲之；或古文移置篆文偏旁；或篆文從某省而古文不省，則古文仍與篆文合；或篆文從篆，古文從古，究無異義。此皆無義例可尋，無竢强爲辨説者也。

𢂇古文帝。古文諸"上"字皆從一，篆文皆從二。二，古文

"上"字。桂氏、嚴氏並謂"古文諸'上'字"以下皆後人校加。按此即後人所補，説解此字與篆文合。祁刻小徐本作尤合。凡古文與篆文合者，事、形、聲、意悉隨篆文而定。

亦古文旁。段氏謂："李斯改一爲二則爲小篆。"

古文示。小徐本作，與篆文更合，《博古圖》齊侯鐘"皇祖"字從"示"作，小徐是也。會意。

古文王。嚴氏曰："此與篆文無異。"徐鍇曰："地以承天，《易》曰：'坤乃順承天。'故下畫上偃，下畫地也。"按此就篆文下畫稍曲無它義。會意。曶鼎"王"作。

古文璿。徐鍇曰："睿。古睿也。《穆天子傳》曰：'天子之寶璿珠。'注曰：'玉類。'又曰：'采石之山，重䍃氏之所守，曰：枝斯、璿瑰、瑶瑶、琅玕。'注曰：'石似玉'也。"是古與篆合，從玉睿聲。《汗簡》有此字，云"見《尚書》"。

古文中。徐鍇曰："曲而不失中也。《易繫辭》曰：'其言曲而中。'"段氏曰："此字可疑，豈淺人誤以屈中之虫入此歟？"蒙按：中畫挍篆文小曲，無它義。指事。以下補君字。

古文吝，從彣。"文"與"彣"聲義俱通，篆文從文聲，古文從彣聲，一也。

古文唇，從甘。從甘，無意義。段注曰："戴先生曰：古文氏不省，誤爲從甘。按《汗簡》《四聲韵》云：唇唇皆同。厥出古《尚書》。唇，即唇字不省者也。"蒙按：甘、口二字古通用。唇古文之從，亦如"某"古文之從作""，"甚"之古文從口作""也，一也。

古文起，從辵。辵與走義相通。巳聲。

古文正，從一足。足者，亦止也。足亦止也，即止部以止爲足之義。會意。

古文邇。尒、爾古通用。從辵尒聲。

古文往，從辵。彳、辵二部相通之字甚多。“往”之古文從辵，亦如延、退祉之或文從彳也。從辵㞷聲。

古文復，從辵。會意。《周語》“各以利退”。

古文後，從辵。會意。

古文嚚。仍從㗊臣聲。大徐本下從土，小徐本下從𡈼，皆非。下當從二，二古文“上”。此當是“臣”字古文，臣象屈服之形，屈服以事上，故從二。臣部“臧”籀文，宋本及《集韵》《類篇》皆作𢧢，知“臧”從臣古文之作𦣞。即知“嚚”從臣古文之亦當作𦣞矣。汲古初印本𢧢作[illegible]，從篆文“上”也。從土者亦誤。

古文西。篆文西，從谷省，象形。段氏曰“象形者，謂冂。從谷省者，謂人也。”按：古文從夊，則從谷之上體，究與從人無異，亦如“夙”古文二：一從㐭，一從西也。下補𦤎㑭二字。

古文事。此從小徐本。篆文從史，之省聲。古文不省，大徐作叓，誤。《庈父鼎》兩“事”字並作叓，仍省之。

古文卜。徐鍇曰：“兆有如此者。”按：此與篆文無異。象形。

古文睹，從見。目、見二部相通之字甚多，“睹”之古文從見，亦如“視”之古文從目也。者聲。《易》“聖人作而萬物覩”。

古文百，從自。篆文從白，白亦自也，二字相合。會意。

《博古圖》周穆公鼎兩“百”字作。

古文奭。仍是篆從白，古從自之例。會意並形聲。此下補難字、字、字。

古文敢。，古攴字，又與攴同意。又，手也。從手之字故又從攴，如“播”古文作，“揚”古文，是也。，即字，仍從古聲。

古文死如此。，即古文歺。，即古文人。《博古圖》齊侯鐘銘“死”作。與此同。與篆無異。會意。下補。

古文簬，從輅。路、輅二字音同，古書“輅”字多叚“路”爲之。許引“惟箘簬楛”，是孔安國以今文讀之，古文則作“簬”也。輅聲。

古文典，從竹。此非從竹，從古文册，《博古圖》齊侯鐘銘“及典其先舊”，“典”作。與篆文無異。會意。

古文巽。下出字云：“篆文。”則此與篆文合。㔽聲。

古文巨。中畫稍長，仍象手持之形。

古文甚。會意。説見“昏”字下。

古文乃。曳而屈之，仍象氣之出難也。

古文丹。仍象采丹井之形。

古文弟。象古文韋省丿聲。按：篆文下云：“從古字之象。”段氏改“古字”爲“古文”，然則從古文而生，不過就中畫而再屈之，古文究與篆文同也。會意。

古文杶。段氏、王氏筠謂此仍是“杶”字，側書之耳，從木屯聲。

古文李。篆文上義下聲，古文左義右聲，一也。

古文南。與篆文無異，惟二畫相聯。從羊聲。

古文回。仍象回轉之形。

古文日，象形。按：鮑本、孫本《五音韵譜》并作。小徐本、段注本作，是也。篆文從口一，段補“象形”二字，從、從，皆象日中有烏之形。

古文㫃字如此。象旌旗之游及㫃之形。此從小徐本。徐鍇曰：“兩耑下垂中相連也。上同一。”按：上畫相聯並無他義。大徐意作。

古文旅。古文以爲魯衛之魯。鐘鼎銘“㫃”字偏旁多作。篆從㫃，古文從，一也。會意。“魯”字説叚借，旅、魯同聲。

古文外。與篆文無異。從古文。

古文多。小徐作“古文并夕”。段氏曰：“有並與重别者，如棘、棗是也。有並重不别者，多、夘是也。”會意。

古文克。就下畫而更屈之。仍會意。下補字。

亦古文宅。“宅”之古文作“庇”，亦如“寓”之或體作“庽”也。從廣與宀同意。乇聲。

亦古文宜。從多省聲。古文不省，與篆文合。

古文白。仍是從入合二。會意。下補字。

古文仁，或從尸。小徐作“古文仁從尸二”，皆校者誤識字爲尸耳。王氏筠謂“從卧人”，是也。此與篆文無異。從人二聲。

古文企，從足。説見字下。篆文“企”兼聲，此專主會意。此下補字，字。

古文般，從攴。殳、攴古通用，以“殺”之古文偏旁作知之。會意。《寰盤》“盤”字作，與此同，蓋借用。

古文視。説見“覩”字下。仍從示聲。

古文觀，從囧。從囧，非也。當從古文目，作。既誤作囧，後人遂加“從囧”二字，“觀”從目與“睩”一例，仍從雚聲。金刻囧、目並作，故多誤目爲囧。

古文不省。從羊省，古文不省，與篆合。會意。下補字。

古文熾。《汗簡》及《説文韵譜》引如此。孫本作，顧本作，小徐本作，皆誤。此與篆文合，移音于火上耳。“音”字首畫是古文，從一之例。仍從戠聲。

古文懼。瞿、䀠二字古通。篆從瞿，古從䀠，一也。從心䀠聲。下補㤪字。

古文巠，不省。巠從壬省聲，古文不省，與篆合。從壬聲。

古文霣。《玉篇》有古文“雨”作，即籀文員。此與篆文無異。從雨員聲。

古文電。籀文申字。此與篆文無異。從雨申聲。

古文霒或省。霠，從雲今聲，此從云今聲。篆從篆，古從古，一也。

亦古文霒。，即古文雲。此與“侌”字一例。下補閉字。

古文扶。從從手，同意也。從攴夫聲。

古文揚。從攴昜聲。

古文播。從攴番聲。此三字一例。下補字。

古文彝。篆文從糸，古文從素，亦如“䋣”從䋣，其重文從糸作“緩”也。會意兼聲。

古文蠡。下非從竹。朱氏、小徐本作，即由小變，究是䖵字。從䖵彖聲。下補字。

古文彊，從彊。强、彊二字義得相通。“强”之籀文即從彊也，從力彊聲，與從力强聲一也。

古文金。，象形兼聲，此專主象形。

古文四。仍象四分之形。

古文禹。按：，即篆文，仍象形。《漢書・蓺文志》《大》三十七篇，顔注：“，古禹字。”按：即此字下畫不屈從隸寫也。

古文已。此與篆文無異。“三豕”之譌，蓋由此字。

古文辰。篆文從二，古文從一也。象形兼形聲。

古文增多於篆文

古文增文，或重累爲之，或隨意加一畫、二畫，均無辨焉，形聲意即隨篆文而定。

古文嚴。下即“敢”字，上疊一口，無它義。《積古齋》宗周鐘“嚴”作。

亦古文商。校篆文多一畫，無它義。楚曾侯鐘“商”作。

古文訟。，古文言。“訟”之古文從谷，亦如“容”之古文從公，“㕣”之古文從谷也。上疊二畫，無它義。

古文舁。疊上體，無它義。

古文反。校篆文多一畫，無它義。

古文友。下二畫隨意增多，無關義類。

古文支。支，從半竹。下又叠半竹，究非竹字。段氏謂："上下各分竹之半，手在其中。"非也。

古文殺。此從小徐，大徐無此字。篆文從"杀"，古文叠"杀"之㐅，無它義。

古文用。校篆文多一畫，無它義。金刻寶"用"字多如此作。

古文自。校篆文多一畫，無它義。

古文肎。校篆文多一畫，無它義。

古文利。叠二刀，無它義。段氏謂"從刅"非也。《博古圖》晋姜鼎"三壽是"。

古文則。叠二貝，無它義。段氏謂"重貝者，定其等差之意。"非也。下補字。

古文韋。上下二畫就丨而歧之，口中注點，並古文通例。

古文某，從口。從甘、從口相通，説見"昏"字下。此并二某，無它義。

古文師。移置篆文部居而多二畫，無它義。

古文宜。并二宜，無它義。

古文比。此與字一例。

古文疾。此非從矢。古文蓋因旁而叠一畫也。

古文至。校篆文多一畫，無它義。下補字。

古文覀，卥，即西字。多二畫，無它義。

古文省減於篆文

或省半體，或省一畫、二畫，并無意義。

古文省。各本作。小徐云："目，細也。冒亦音墨。"段氏據《玉篇》改作，是也。省冒。

古文蕢。象形。《論語》曰："有荷臾而過孔氏之門。"此是省"貴"字。大、小徐本作，今從《五音韵譜》。以下補、二字。

古文蘩省。

古文近。省辵。小徐謂"與旂同意"，非也。嚴氏據"旅"古文作，謂"鐘鼎多以爲"，而以此爲古"旂"字。按：古以""爲自是，而以此爲"旂"則非。

古文得。省彳。見部有此字，古蓋借"㝵"爲"得"。凡古文與他部篆文復者，不宜删削，正可考見古文叚借之例。《積古齋》㝵敦，"㝵"作，虢叔大林鐘"㝵"作。

古文詩省。

古文與。省舁。

古文厷。象形。小徐曰："此既象形，宜學人曲肱而寫之，乃得其實，不尒即多相亂也。"蒙按：此省篆文。

古文畫。省四畍。大徐作，分二畫爲四也。《祖辛敦》"永寶用"，畫作。

古文殺。諸家謂此即"杀"字。按："殺"字從古文杀，與求字、麗字一例。

亦古文教。省孝。《散氏盤》省此字，釋爲效。

古文兆省。𠦪省。與求、麗一例。段氏謂此即八部“”，非也。篆文從者甚多。

古文睦。省坴旁土。下體各本作，無取。段、桂改從目古文，從之。下補𥈱字。

古文棄。省。下補字字。

古文叡。省𣦼旁又。段氏謂從𣦵，非也。下補字。

古文箕省。

古文豐。省。

古文青。上省生，下省古文丹。

古文矦。省人。《積古齋》紀侯鐘“矦”作“”，《博古圖》周楚姬匜盤銘正作。

古文覃。省及下一畫。下補字。

古文桓。省木心。

古文時，從之日。徐氏、段氏謂從之聲。按：此省篆文寺旁，與詍一例。

古文曡。“曡”下云：“一曰象形，從。古復注中，故與日同。”然則省注中之畫而爲矣。

古文稷省。

古文容，從公。從公，非也。容從谷聲，此省谷。

古文寶，省貝。

古文網。網，或體作，或體亦篆文也。此省網。下補字。

古文侮，從母。從母自得聲，然即省每。《漢書·五行志》“慢侮之心生”。下補字。

古文朢省。

古文量。省一畫。

古文裔。省冏。段以爲几聲，非也。

古文省衣。古借此爲求乞字。

古文。朱氏、小徐本作省，大徐字首畫也。此反則亦省字首畫矣。石鼓文字從此。

古文畏省。大徐本無中畫。周包君鼎“娘”旁作。

古文羑。省厶。羊部有此字，古蓋借“羑”爲“羑”。下補字。

亦古文長。省匕。

古文麗。省鹿。

古文豕。省一畫。下補豫字。

古文栽，從才。從才，非也。省𢦏。

古文悳。從古文目省。

古文恕省。

古文悟。省吾。，即古五字，石鼓文𨯫字從。楚良臣余義鐘“語”作。

古文恐。省巩。

古文𣲖省。𣲖已從將省，此又省。

古文州。此省形。散氏盤有此字。

古文雲。省雨。古借此爲云然字。

古文系。此省形。《積古齋》系爵“糸”作。

古文終。省糸。攵金刻“終”字多作。《博古圖》周史頌鼎“永年令”。

古文緦，從糸省。當作“從思省”。

古文𧖟省。下非竹，說見“蠹”字下。

古文堂。省尚。

古文封省。陳逆簠四“封”字並作。

古文壞省。

古文陳。左從古文𠂤，右從古文申，省木。

古文省。

古文醬。，即古文酉，見鐘鼎文。此省肉。

古文與篆文異

古與篆異者，或兩形絶不從同，或同半體，或加一字以見形聲、會意。與增多而無意義者不同。則必究其義類之所在，詳考而博征之。

古文一。徐鍇曰：“弋者，物之株橛，義取于數，非專一之一。若言一弋、二弋、三弋，如今人言一箇、二箇，一枚、二枚，故曰‘枚卜’也。箇從竹，枚從木。弋，杙也。杙亦木也。會意。”此說極是。戴侗《六書故》謂“弌不能古于一”，非以弌爲小篆，一爲古文，夫“弌”固不能古于一，然亦不必以一、弌互易。段氏謂“小篆之于古、籀，或仍之，或省改之。仍則小篆皆古、籀也，故不更出古、籀；省改則古、籀非小篆也，故更出之。一、二、三之本古文明矣，何以更出弌、弍、弎也？蓋所謂即古文而異者，當謂之古文奇字。”按：奇字亦爲甄豐所定，六書之一，然則“弌”後于“一”無疑。桂氏謂：“小篆意趨簡易，數目字尤所習用，故省弌爲一，其二、三皆因一積成之，猶古文之積三爲四也。”夫積三爲四既稱古文，則一、二、三之爲最初古文，明矣，何以曰“省弌爲一”乎？能謂包犧一畫開天即作“弌”字乎？無是理也。王氏煦曰：“古一、弋皆有意音，《禮記》‘壹戎衣’，《尚書》作‘殪戎殷’。‘田獵畢翳’，鄭注：《今月令》‘翳’爲‘弋’。是古文‘弌’以弋爲聲，弍、弎則因弌而遞加也。”王氏筠亦謂“從弋聲”。按：弌從一弋，會意。弋亦聲。弍、弎則專主會意也。《汗簡》弌見《尚書》。

古文禮。徐鍇曰：“乙，始也，禮之始也。又乙者，所以記識也。《禮》曰：‘若在其上，若在其下。’祭如神在。明，則禮樂；幽，則鬼神。乙以記識之。乙，又表著也。”蒙按：當從乚聲。“乚鳥”之乚。段氏《音均表》乚聲、豊聲同在十五部。《汗簡》見《尚書》，正從乚。

古文祡從隋省。桂氏曰：“本書‘隋，裂肉也。’裂，當爲烈。謂加牲燔祡之上。”王氏筠曰：“《春官·大祝》‘隋釁’，注謂：‘薦血也。’蓋祭天者爛熟，故從隋。”按：此非會意，乃從隋省聲。段氏謂隋聲。古音在十七部，此聲古音在十六部，音特最近。禬之爲祡，猶玼瑳、姕傞皆同字。《汗簡》見《尚書》。“祡”下引《虞書》作“祡”，是孔安國以今文讀之。

古文社。徐鍇曰：“樹所宜之木，故從木。又木者，木主也。”按：“社”下小徐作“從示土聲”，本會意兼形聲，此亦當

從土聲。小徐達於聲音之理，形聲最可據。此十三字宜作双行。《汗簡》見《尚書》。《玉篇》作袿。誤。

古文三。大徐本有“從弋”二字。徐鍇曰：“義與式同。”《汗簡》弎見《尚書》。

古文玉，徐鍇曰：“冂，亦系也。”按此是系玉之形。

古文玗。從玉旱。大徐無下三字。此從旱聲。《汗簡》見《尚書》。“玗”下引《禹貢》作“玗”，是孔安國以今文讀之。賈誼《新書》：“上有蔥珩，下有雙璜，捍珠以納其間，琚瑀以雜之。”段氏謂“捍”乃“琿”之誤，是也。

古文毒，從刀萺。小徐作“從刀筥”曰：“竹亦有毒。南方有竹傷人則死。筥聲也。”段、桂從之。王氏筠謂當從艸副聲。是許説“害人之艸往往而生”，從艸與從中合，副聲與毒音合。

古文莊。小徐本作。段氏謂：“當是‘奘’字之譌。古文士或作，譌爲也。”蒙按：此即“奘”字。奘，大也。段補“莊”字注曰：“艸大也。”與奘義合，小徐補曰：“盛飾也。”盛亦大也。此是古文假借。古文與篆文重者亦多，正可考篆文分用二字古文通用一字之例。嚴氏謂：“從卢在丌上，爿聲。當是殤、傷、戕等字。”非也。

古文荆。近人謂“刹”即“刑”之或體。杀，從刀，杀省。會意。是也。《汗簡》見《尚書》。蒙按：新附有“剎”，當即“刹”字遞變之譌。

古文悉。此從心囧。“囧，窗牖麗廔闓明也”，心囧，即心采。會意。

古文咳，從子。會意。《尚書·微子》“我舊云刻子”，《史記》作“孩子”，《論衡》亦引作“孩子”，則《古文尚書》本作“孩”。

古文哲。從三吉。哲、吉同聲。《詩·抑》《釋文》“靡喆不愚”，省從二吉。

古文周字，從古文及。段氏曰：“及之者，周至之意。”是也。會意。無專鼎“琱”字作，周下蓋從古文及。

古文唐，從口昜。昜聲。

古文㕡。段注：“下蓋從谷，上從列骨之殘𣦵字。𣦵，象水敗也。”桂氏曰：“當作，從𣦵。𣦵，殘地阬坎意。”蒙按：桂說從𣦵是也。下即㕡字，叠二畫仍象水敗皃。

古文正，從二。二，古文“上”字。桂氏引《申子》“天道無私是以恒正”說從二之義，是也。《博古圖》周魯正叔匜盤“正”作。

古文造，從舟。《尒雅》“天子造舟”，《廣疋》作“艁”。段注：“艁者，并舟成梁。後引申爲凡造就之言。”羊子戈、郜戈並作。頌鼎作，頌壺作。

古文從敕、從言。從敕，聲也。從言者，《易》“不速之客”，馬注曰：“速，召也。”召必以言，故從言。

古文徙。近人謂：“‘𡱂’當從厺省，從佅，佅亦聲。佅，撫也，安也。去危而之安，徙之義也。佅作，猶仁作，後人不達其義，乃變而爲尸，又變而爲夊矣。大與火之形近而譌。”此說極是。變而爲夊者，指《集韻》粂、逯二形而言。

古文遷，從手西。從手者，遷登之義。從西，聲也。古讀西如鮮。

古文遂。段氏疑從“艸木孛𡿺”之𡿺，非也。俞氏《兒笘録》曰：“，即蕢字也。其上從屮，與從艸同。屮部‘芬’或從艸作芬，即其例也。其下從㒸，乃古文‘貴’字，見女部‘妻’篆説解，其字作㒸，而《玉篇》作㒸，郭忠恕《汗簡》亦作㒸，或今本《説文》闕壞也。‘’字從屮㒸與‘蕢’字從艸從貴不異，而作者以屮頭連合㒸上其中筆，又引而長之，乃成矣。”按：此説是也。從蕢得聲。“旞”重文，“旝”與此一例。《玉篇》作“逺”，誤矣。

古文遠。據涉之古文從，知此是步字。徐鍇曰：“日日步之，故曰遠也。”會意。

古文逖。易、狄同部，故從易聲。《大雅》“用逷蠻方”，《潛夫論》引作“逖”。《牧誓》“逷矣西土之人”，衛包改“逷”爲“逖”。

古文道，從手寸。桂氏謂：“䢒，即導。寸部‘導’後人加之。”按：《儀禮·士虞禮》注：“古文禫或爲導。”是“導”字見古文《禮》，非後加也。從寸者，段氏謂“如九軌、七軌、五軌”是也。首聲。

古文御，從又從馬。以又使馬。會意。《周禮·馭夫》“掌馭貳車”。

古文齒字。此純體象形字。

古文牙。此從朱氏小徐本，下從齒，上從牙。會意。

古文册，從竹。會意。《左傳》“備物典筴”，《釋文》“筴，本又作册，亦作策，或作笧”。“册”正字，“策”借字，“笧”古字，“筴”假字。

古文嗣，從子。會意。司聲。

古文商。從冏從二口。相商之意。章省聲。

古文古。近人謂此疑此省。，近求也。由近求遠，斯爲古矣。與宙同意。《淮南·齊俗訓》曰：“往古來今謂之宙。”

古文謀。小徐作，從母聲。是也。母、某同部，《玉篇》口部：“呣，慮也。莫候切。”即此字。

亦古文謀。小徐從，是從言母聲。

古文訊，從鹵。鹵聲。《詩》“執訊連連”，《釋文》云：“訊，字又作滷。”

古文信。段氏曰：“言必由衷之意。”王氏筠曰：“言者，心之聲也。”按此會意。

古文誥。段氏、嚴氏皆云從言肘聲，是也。錢氏坫據《汗簡》從，謂“誥”從舟聲，然右旁又無所取義。桂氏以此爲“祭”古文。

古文䜌。徐鍇曰：“象絲亂而爪治之。爪，手及也。”嚴氏謂此：“亦從言從絲。《汗簡》言偏旁皆作，此作，小異。”王氏筠從此説謂：“左右兩系相交，通于下，下半非别一字。”蒙形下半形，諸家説皆無究竟，王説通于下，則何所取義？桂氏謂：“當從𠬪從子從二幺。”從𠬪，是矣。𠬪，治之也。從子，非也。下非子字，即𠬪之又也。三幺，亂絲之意。二幺從三幺，亦猶二口從三口也。會意。錢氏坫謂：“此即誖亂之亂。”

古文譙。《周書》曰：“亦未敢誚公。”肖聲。

古文業。此即並二業字。上省，下分爲，歧其丨爲。古文“韋”作，其例也。𤔲尊“業”作、。

古文從臣。此即臣僕之義。從臣，會意。

古文弇。嚴氏曰：“疑從窅省聲。”非也。桂氏曰：“《吕氏春秋》‘仲冬之月，君子齋戒，處必弇’，高注：‘弇，深邃也。’古文從穴，深邃意也。”蒙按：中即弇字，分人爲八，古籀口字中多注點。從宀，深邃之意。

古文兵，從人廾干。會意。王氏筠謂：“從庚聲”，非也。

古文共。小徐曰：“兩手共也。”按：是四手共。會意。寰盤“共”字作。《博古圖》齊侯鎛鐘“敬共辭命”，“共”作。

古文要。從女，即《詩》“要之襋之，好人服之”之意。與省聲。

亦古文農。按從籀文省，古文不當出于倉頡，于此益信。

古文革，從三十。三十年爲一世，而道更也。臼聲。段氏曰：“上廿下十，是三十也。”《博古圖》周宰辟父敦有此字。前一器作後一器作。

古文鞄。從亶。亶聲。

古文鞭。《韵會》引作。嚴氏謂：“人卜會意。”是也。王氏筠謂：“亼者，集也。集衆革以攴之也。”非。

古文孚，從禾。禾，古文保。小徐作“古文孚從古文保，保亦聲”，是也。孚、采同聲。

古文爲。象兩母猴相對形。錢氏坫曰：“王育以爪爲象形，意者爪即爲字。故兩爪象母猴相對。”王氏曰：“《莊子·應帝王》：‘汝又何帠以治天下感予之心？’《釋文》：‘帠，徐音藝。崔本作爲。’”據此則“帠”即“爲”之譌，徐仙民誤作“音”也。

古文尹。上即從尹以君，古文從知之。近人謂下從省，尹以治事，故從殺也。

亦古文及。段氏以爲從筆，嚴氏以爲借“箑”爲之，皆非也。《汗簡》，王庶子碑“級”字，則“”是古“及”字。從辵者，相及之意。

古文彗，從竹習。小徐以爲“灑埽應對當習之也”。按此從竹，習聲。段氏謂七部、十五部合韵，是也。

古文肅，從心從卪。徐鍇曰：“心卪爲肅。卪，節也，節其心也。經曰：節以制度，高而不危，滿而不溢也。”此説是也。會意。

古文役，從人。段、桂並云與“戍”從人持戈同意，則此是從人執殳。會意。

亦古文畫。徐鍇曰：“刀所以割制之也。”按：“界畫”字與“刻劃”字古文相通相假，諸家謂刀部已有，擬删此字，非也。

古文殺。此從古文殺，當作，介聲。

古文殺。此從殳從手刀，會意。

古文皮。徐鍇曰：“《禮》：‘如竹箭之有筠。’筠，皮也。”段氏曰：“從竹者，蓋用竹以離之。”按：此非從竹。，角形也。

古文甍。段氏曰：“從皮省，從人治之。”是也。會意。

古文徹。桂氏曰：“從鬲者，氣上通也。本書‘融，炊氣上出也。’”是也。會意。

古文目。段氏曰：“口象面，中象眉目。”江氏沅曰：“外象匡，内象甦目。”江説是。若囗象面，則宜有兩目矣。

古文省從少囧。囧，非也。段、桂皆謂當作，是也。從少，即省少之意，是古文借“省察”多“省臧”字。“渻”字後起。

古文雉，從弟。弟聲。《周禮》“薙氏”，鄭注：“讀如‘鬀小兒頭’之‘鬀’。”

古文鳳，象形。鳳飛，羣鳥從以万數，故以爲朋黨字。説叚借。

亦古文鳳。此後起。古文從鳥朋聲。《莊子》“化而爲鳥，其名其鵬”，崔云：“古‘鳳’字。”

古文鶾。各本從竹，誤。王氏筠曰：“此鳥蓋如萑有毛角，象角形。”

古文烏，象形。此純體象形字。大徐作，誤。

古文叀。“叀，從幺省，從屮。屮，財見也。田象謹形。此四字段氏補。屮亦聲。”此則不省幺，而省田也。

古文歺。徐鍇曰：“殘骨形也。”

古文殂。從歺作。王氏謂當從死，乍聲。是也。古文“殪”從死，是從歺之字，古從死也。

古文殪，從死。從死，壹省聲。

古文殄如此。從反匕。會意。

古文髀。段氏曰：“從足者，足所恃以能行也。”則是從足會意。

古文脣，從頁。脣見於首，故從頁。

古文胤。段氏謂："兩旁亦從八之意。"桂氏曰："，承意。"按：此當從聲。，古文尹字。

古文膌，從疒朿，朿亦聲。當作"從疒朿聲"。

亦古文肰。是之譌，説見""字下。從大，是燔炙之意。

古文剛如此。段氏、桂氏謂從㐁從二。近人云，剛，彊斷也。古文從刀，省。石者至剛之物，以刀施之，斯爲彊斷矣。見古文""偏旁。

古文籃如此。近人云從艸非義，當從𠂇。，象其形。，其聲也。

古文簋，從匚饑。段氏改作"從匚食九"注曰："從方，從食，九聲也。"桂氏、王氏以爲從飤，非也。

古文簋，或從軌。軌聲。《尚書》"苞匭菁茅"，《史記·李斯傳》"飯土匭"。

亦古文簋。從木九聲。九，古讀如芑。桂氏謂從几，非也。

古文簠，從匚從夫。夫聲。

亦古文箕。徐鍇曰："象舌形。廾，手持之。"

亦古文箕。段氏曰："象箕之哆也。"石鼓"字上體從此。金刻多借此爲"其"字。

古文工，從彡。桂氏曰："凡飾物皆從彡，本書'𦘔，聿飾''彤，丹飾''彰，青飾'。"

古文巫。徐鍇曰："口以歌，收以舞也。"

古文旨。段氏謂："千甘者，理甘多也。"王氏謂："古文不論反正。”齊侯鎛鐘作，與此相似，知是從人甘，謂人所甘也。據此則中誤衍一畫。齊侯甗兩“旨”並作。

古文喜，從欠與。歡同。當與歆同意。

古文鞈，從革。合聲。《史記》“鞳鞈”，《汉書》作“鞈”。

古文豆。中象肉形。

古文虐如此。王氏曰：“蓋從虎口。《莊子·盜跖篇》所謂不免虎口也。”

古文虎。象兩足爪相向形。

古文虎。亦象兩足爪相向形。

古文阱，從水。會意。

古文爵如此。象形。徐鍇曰：“爵正居形。册，其後尾。冂，其翅也。”

古文飪。從肉。會意。

亦古文飪。小徐以此爲重出。洪氏頤煊曰：“《儀禮·聘禮記》‘唯羹飪’，鄭注：‘古文飪作腍。’《禮記·郊特牲》‘腥肆爓腍祭’，鄭注：‘腍，孰也。恁，即腍之譌。’按：腍、恁形相似而誤。腍，從肉念聲。”

古文養。從攴，羊聲。《博古圖》周穎生豆銘有字，釋作“養”，與此同。

古文飽，從采。小徐作“從采聲”。

亦古文飽，從丣聲。下補佮字。

古文仝。下體當作。《古文四聲韵》載王庶子碑亦作。按：純玉曰全，從持玉，完全之意。

古文冂，從，象國邑。段氏曰："象國邑在介內也。"高從此。

古文厚，從后土。當作"從土后聲"。

古文嗇，從田。下云從田，則上是"來"字。《汗簡》引《義雲切韵》字，偏旁從此。桂氏："從田者，所謂田夫謂之嗇夫。"

古文舞，從羽亡。舞必以執翟羽，故從羽。亡聲也。

古文𡍬。此亦象蔓地連蕚之形。從土，土，所以生也。

古文本。徐鍇曰："㗊，固其本也。"段氏曰："此從木象形也。根多竅似口，故從三口。"按：此象木本之形，"多竅似口"之說太鑿。

古文築。從土，筐聲。

古文槃。從金。徐鍇曰："《春秋左傳》：'季孫宿入鄆，取其鐘以爲公盤。'是盤亦以金爲之也。"《積古齋》伯侯父盤作。

古文梁。徐鍇曰："從兩木一梁之中横象。從水，指事。"

古文櫱，從木無頭。象形。《爾雅》《釋文》："枿本或作，又作。"

亦古文櫱。從木，夆聲。《淮南·俶真訓》："百事之莖葉條梓。"

古文柙。小徐有"從口"二字，云："囗，匣之象也。屮，其物也。王氏照以此爲"由"字，非是。

古文麓，從录。录聲。《周禮·地官》"林麓"，《釋文》作

"林禁"。

古文乑。徐鍇曰："勿，象乑也。"桂氏曰："'我'下云：'手，古乑字。我古文作。'"馥謂手與形近，與形近。蒙按：左體即手字，右體即，皆下乑形。《地理志》曰："武功垂山。"古文以爲敦物，知左體作所由誤作而爲物也。

古文困。徐鍇："止即廬舍。"按：止有限止之義，故引伸爲困窮。《廣雅》："槧，朱也。"是借"朱"爲"梱"。

古文賓。完聲。完、賓聲通。《博古圖》周蛟篆鐘銘省作。其上畫特詘曲。

古文從宀分。小徐本有"聲"字，曰："家貧也。原憲甕牖桑樞，是室屋之貧也。上同。"

古文邦。徐鍇曰："按：《春秋傳》曰：'分之土田陪敦，命以伯禽，封于少皞之虚。'"按：小徐以此爲"土田"二字，是。段、桂以爲從之，之，往也。之田，往即乃封之意。未協。子燮兕觥"邦"作。

古文郊。從枝從山。從山枝聲。徐鍇曰："按：字書以岐爲山名，郊爲邑名。"按：《孟子》"大王即就岐山之下而居"，指山之名，更別無邑名，故許慎三字并同也。

古文暴，從日麃聲。

古文游。段氏曰："從辵者，流行之義也。從斈者，流省聲也。"

古文霸。嚴氏曰："此從网聲。网，古冃字。鼎彝器銘作，即此。古文冒從网，用筆小異耳。"《博古圖》齊侯鎛有字，釋作"朎"。

古文期，從日丌。丌即古其字。曰，亦期也。丌聲。

古文明，從日。徐鍇曰："君子曰：在天者莫明于日月，故於文日月爲明。"《書》曰："惟我文考若日月之照臨，光于四海，顯于西土。"明，或從囧。囧，亦明也，日之狀也。按此字是後起古文。《積古齋》明我壺明仍作。

古文盟，從明。從明皿，明亦聲。

古文夙，從人亙。亙聲。

亦古文夙，從人西。宿從此。西聲。西，即亙字。

古文㮚，從西從二鹵。徐巡説："木至西方戰栗也。"㮚之從二鹵，犹鹵之叠三鹵也，徐鍇曰："西方木凋落之時也。"會意。

亦古文克。俞氏《兒笘録》謂此即《洪範》"曰克"之"克"，從占，下象兆形。《積古齋》楚公鐘"克"作，即此字。

古文粒，從食。立聲。

古文糂，從參。參聲。

古文宅。徐鍇曰："必相其土，故從土。"從土，安土之意。惠氏棟謂此即"坼"字，非是。

古文宄。小徐作曰："寸，法度也。《春秋左傳》曰：'御姦以德，御宄以刑。'"

亦古文宄。包藏禍心，故從心。曶鼎"宄"作。

古文冒。趙宧光《長箋》謂下當從，張氏《舒藝室隨筆》謂上從省。罙、冒同義。引《商頌》箋"罙，冒也"爲證。按：上即字。网省作、罔字可證，此尤足證嚴氏下之説。

古文惟。徐鍇曰："從匚，象周帀。"韋聲。

古文席，從石省。鍇曰："云其安如石也。"，象席形。

古文仁，從千心。段氏曰："從心，千聲。"是也。仁，人心也。

古文伊，從古文死。鍇本有"聲"字，是。

古文份，從彡林。林者，從焚省聲。彡，文貌。《譙敏碑》："文武彬彧。"

古文真。鍇曰："，亦所乘也。一不二也，道也。"

古文監，從言。會意。

古文表，從麃。麃聲。

古文襄。桂氏曰："象覆，象領，象艸𦣻外。"

古文屋。，屋也。上象茅蓋屋之形。

古文履，從頁從足。段氏曰："履垂首，故從頁。"《博古圖》周齊侯鎛鐘有字，釋作"履"，蓋省舟。

古文服，從人。《六書故》云："從卜。"蓋從卜聲。

亦古文視。從目，氏聲。《周禮·内饔》："豖盲眂而交睫。"《漢啓母廟石闕銘》："昭眂絞昆。"

古文次。段氏曰："象相次形。"朱氏駿聲疑爲茨之古文，象茅蓋屋次弟之形。"

古文歙，從今水。從水，今聲。

古文歙，從今食。從食，今聲。

古文髮。段氏曰："象角羈之形。"

古文色。近人謂從首、從氣，疑省聲。氣作彡，與欠同。

古文旬。從日勻，會意。勻，亦聲。通作“宣”，故經傳“宣”字多訓徧。

古文鬼，從示。徐鍇曰：“《周禮》享大鬼之神者，故從示。”

古文彪。王氏曰：“從鬼尾，並省。”各本以爲古文，以爲籀文，下云“從彖省，從尾省聲”，説解不相應，二字互易。王氏辨之甚詳，段氏訂正而删字則非也。

古文嶽，象高形。

古文崩，從自。

古文廄，從九。從，九聲。，古文叀。“疐”下云：“叀者，如叀馬之鼻。”

古文廟。苗聲。《儀禮·士冠禮》：“筮於庿門。”《詩·清廟》及《孝經》《釋文》並云：“廟，本作庿。”

古文礦。當作磺。《周禮》有丱人。《丱人》注云：“丱之言礦也。金玉未成器曰礦。”此象金玉未成器之形。段氏據《五經文字》説《説文》，以爲古“卵”字，遂删此，非也。《周禮》有“丱人”亦得謂之“卵人”乎？如據張所引，則此下當有“古文以爲卵字”之語，“如疋”下説解者。

古文碣。嚴氏云：“從自從曷。”考《汗簡》“羯”作，與此正同。葛作。

古文磬，從巠。巠聲。《樂記》“石聲磬”，《史記》作“石聲硜”。

古文𢊁。亦上象頭，下象毛足。

古文𧉮，從兒。頭同獸，足同虎。

古文灋。王氏曰："從亼正，會意。亼者，集也。"

古文狂，從心。會意。《老子》曰："馳騁田獵，令人心發狂。"

古文羆，從皮。皮聲。

古文煙。火起于下，煙出于上，故從宀垔聲。

古文光。即古文炗而加炎字。火大，光亦大。會意。

古文光。徐鍇曰："古文廿火爲光。廿，共也。"亦會意。

古文囱。象窗櫺形。

古文赤，從炎土。段氏曰："火生土。"徐鍇曰："《尚書》'厥土赤埴'。"

古文吴如此。段氏曰："從口大。"《漢書·郊祀志》引《詩》："不吴不敖。"

古文尣，從㞷。㞷聲。徐鍇曰："《春秋左傳》：'焚巫尪。'" 按：《易·大有》"匪其尪"，虞云："足尪，體行不正。"

古文奏。

亦古文奏。近人謂當從𠦬，古文𠦬之省也。《汗簡》有字，釋作奉，奉而陳之斯爲奏矣。尸，陳也。亦從手會意，嚴氏以爲，誤。

古文囟字。亦象形。

古文慎。徐鍇曰："古文中火日爲慎。中，艸也。日暵之下有火，故當慎之也。”按：《經典釋文・叙録》偁“峇徽五典”，是疑所見古文《尚書》尚有作“峇”者。周公䢅鐘“㫘”作，《博古圖》周齊侯鎛鐘“慎中乃罰”，“慎”作。

古文悉。從心，既聲。既、悉同部。

古文憜。從心，隋省聲。媠之從女，猶嬾之從女也。心部之字與女部字相通者甚多，《漢書・韋玄成傳》“無媠介像”，《張敞傳》“被輕媠之名”，《兩龔傳》“媠嫚無狀”。

古文懖，從耳。桂氏曰：“從耳者，有耳無聞也。鄭注《尚書》：‘聒讀如聒耳之聒 。聒聒，難告之貌。”按：今作聒省文。

古文患，從關省。關省聲。

亦古文患。小徐《通論》曰：“古文心臼臼爲患。臼，掮人心也。”按《博古圖》周晋姜鼎字，釋爲“貫”，此即從得聲。

古文漾，從養。養聲。《禹貢》鄭本、《史記・夏本紀》並作“瀁”。

古文漢。段氏曰：“從或從大。或者，今之國字也。”據段説則此字爲甄豐所製。沛公封漢以前，安有以漢爲大國之説乎？

古文沇。從水、台聲。古與緣水而下之“沿”通用。

古文淵，從口水。會意。《江賦》“瀇滉囦泫”。

古文津，從舟從淮。段氏曰：“從舟從水，進省聲。”鈕氏曰：“淮”當是“準”之譌。

古文沬，從頁。《顧命》《釋文》“頮，《説文》作沬，云‘古文作頮’”。段氏據改作，説曰：“從水從頁。”

古文泰。段注曰：“當作。從収，取滑之意也。從大聲。”

按：《玉篇》“厺”字收入二部，段注不爲無徵。

古文𡿨，從田從川。鍇本作“從田川，甽之川也”。按：此會意。此古文與弌、弍、弎同例。

古文濬。段氏曰：“從水從睿。睿，古文叡也。叡，深明也，通也。”按：此會意。

古文冬，從日。徐鍇曰：“冬者，月之窮也，日窮于紀也。”

古文雨。象形。小徐作，曰：“但象雲雨而已。”按：此亦象雲水霝其間也。

古文靁。此亦象回轉形。

亦古文靁。此亦省。籒文靐云：“靁間有回。回，靁聲也。”此省。

古文雹。象形。

亦古文雲。此最初古文，象形。

古文西。徐鍇曰：“卜亦象鳥也。”金刻多作。

古文户，從木。會意。

古文閾，從洫。段氏曰：“從洫聲。此猶《詩·大雅》‘築城伊淢’，淢，即‘洫’之古文，《韓詩》正作‘洫’。”

古文開。段氏曰：“一者，象門閉。從𠬞，此象手開門。”《書·費誓》“序東郊不開”，徐邈本作。

古文閔。此當依《汗簡》作，從心昏聲。

古文聞，從昏。從耳昏聲。

古文手。此亦象形。

古文擖。鍇本有“從二手”三字。段氏曰：“從二手，比聲。”

古文握。從，屋省聲。金刻字有者。《淮南子》“無所鑒謂之狂生”，高注：“，持也。”，古“握”字也。

古文撫，從辵亡。從辵與從手同意。亡聲。

古文摣。《周書》曰：“𢾱以記之。”段注云：“從虍者，言有咸也。”嚴氏曰：“‘周’字校者誤加。”

古文妻，從肖女。肖，古文貴字。肖當依《玉篇》作肖，《汗簡》亦引作。小徐《通論》曰：“禮曰：‘姻不失其親。’故古文肖女爲妻。肖，古貴字也。《詩》曰：‘豈其食魚，必河之魴。豈其取妻，必齊之姜。’言所貴者，貴其正也。《詩》曰：‘齊侯之子，衛侯之妻，東宫之妹，邢侯之姨，譚公惟厶。’”

古文奴，從人。奴婢，古之辠人也，故從人。

古文婁。俞氏樾以“婁”爲“縷”之古文，其説“𡝤”曰：“其上之囱象用綫母穿布帛之形。從女，女工所用也。”説詳《兒笘録》。

古文姦。從心旱聲。小徐作“從旱心”，會意。

古文民。徐鍇《通論》曰：“古文‘民’上爲髻形，下其足行，其中象蒙然衣被之狀，衣食而已。今文‘民’象之也。”

古文我。徐鍇説“我”字曰：“所以從戈者，取戈自持也。”按：，古乑字。乑戈，亦取戈自持之意。《積古齋》楚良臣鐘“義”作，“我”作。先祖樂我。

古文𤦡。從金。上即𤦡字。古文從金聲。

古文瑟。從几，所以置瑟也。

古文直。從木。《書》曰："木曰曲直。"，當作。

古文曲。亦象器曲受物之形。漢《無極山碑》："窈窕凵淈。"

並古文弼。段氏曰："攴，小擊也。榜之則無不攴擊。弗者，矫也。故從弗，弗亦聲。"

古文繭，從糸見。見聲。

古文絶。象不連體絶二絲。象形。《漢書·路温舒傳》"𢇍者不可復屬"，注"𢇍，古絶字"。

古文續，從庚貝。段氏曰："庚貝者，貝更迭相聯屬也。"會意。

古文紹，從邵。段氏依《玉篇》《廣韵》《汗簡》改作曰："古文紹從卩"。按：當云"從糸邵聲"。

古文綱。王氏謂："大綱以木爲柙，枝從木。"説詳《句讀》。

古文綫。泉聲。《周禮》"縫人掌王宫之縫線之事"。

古文彝。從二糸。糸，綦也。左象鳥形，如鳥古文之作也。楚曾侯鐘"彝"作，上體與此同，下增艸。

古文蜃，從辰土。段氏曰："從土者，出之土中也。從辰者，辰聲也。古氏聲、辰聲相似，祇、振字通用，是其例。"

古文蠶，從戈。《周書》曰："我有載于西。"段氏曰："戈之言才也、始也。"按：此會意。魏《三體石經》"粤兹蠶""今王室實蠶蠶焉"。

古文蟊，從虫從牟。牟聲。漢《張壽碑》"蛑賊不起"。

古文風。近人謂此當是象形兼指事字。與同意。一，陽氣也。，象空穴而陰在其中。，其侵淫旁出之形。

古文龜。此純體象形字。

古文二。徐鍇曰："義與'弍'同。"

古文恒，從月。《詩》曰："如月之恒。"會意。《積古圖》周尹卣蓋銘"共亘萬年"，"亘"作。

古文墺。嚴氏謂從釆之古文，非也。按：當是省聲。，古文奏。奏屬侯部，墺屬尤部，本自可通。

古文坐。象二人坐形。

古文墉。此象城垣周繞之形。嚴氏據《玉篇》《集韵》《韵會》並作，謂"此必之爛文"，蓋嫌其與城郭字複也。

古文垐。從土即。《虞書》曰："龍朕堲讒説殄行。"堲，疾惡也。即聲。

古文毁，從壬。"壬"下一曰："象物出地挺生也。""土"下云："丨，物出形也。"則從壬與從土義相近。

古文圭，從玉。圭爲瑞玉，故從玉。

古文堯。段氏曰："此從二土，二人在其下。"《汗簡》"堯"作，蓋從反人。

古文野，從里省、從林。桂氏曰："從林者，野外謂之林。"

古文勳，從員。員聲。

古文動，從辵。會意。

古文勞，從悉。"悉，詳盡也。從心從釆"。從悉，勞心之謂也。

古文勇，從心。徐鍇《通論》曰："古文心甬爲勇，見義而爲也。心主于義，士不當力也。"段氏曰："《孟子》曰：'志，氣之帥也。'"

古文協，從曰十。亦同衆之意。《漢書·五行志》："叶用五紀。"

古文鐵，從夷。段氏曰："夷，蓋弟之譌也。"然則古借此爲"鎕銻"字。補鐾字。

古文鈕。從玉。段氏曰："壐之籒文從玉，古文印鈕字從玉，蓋初作印時惟以玉爲之也。"

古文斷，從皀。皀，古文叀字。《周書》曰："㲼之猗無它技。"按：《大學》鄭注："斷斷，誠一之貌。"故從叀從刀從口，言有斷制之意。

亦古文斷。從刀，猶從斤也。

古文矛，從戈。桂氏曰："從戈者，《字林》'矛'有二横，曰'穳矠'，是矛亦横出刃者。故從戈。戈者，句兵也。陳氏《禮書》曰：'自《考工》言之，則爲刺兵；自《説文》言之，則爲句兵。'蓋矛之爲器，上鋭而旁句。上鋭所以象物生之芒，旁句所以象物生之句。"

古文自。段氏曰："上象絫高，下象可拾級而上。"

古文陟。從人步，會意。

古文瀆，從谷。谷與自同意。《釋邱》"窮瀆，汜"注"水無所通者"。

古文成，從午。徐鍇曰："午，南方，亦物成之義。"

古文辜，從死。會意。

古文子。從巛象髮。與“𡿺”同意。

古文孟。嚴氏、王氏嫌與“保”古文複，須删其一。蒙按：《積古齋》孟申鼎、郜季鼎作，是從此古文而加皿聲。王氏説“𠈃”云：“𠈃，從子，會意。，則指事，兩手抱子狀也。”蒙即以此説“孟”古文。

古文寅。徐鍇曰：“重陽，相次出于土也。”《博古圖》周齊侯鎛鐘銘“辰在戊寅”，“寅”在，省土。

古文卯。徐鍇曰：“開斥之象。”

古文申。象申束之形。段改作，非是。金刻從之字甚多。

古文酉，從一丣。丣爲春門，萬物已出。丣爲秋門，萬物已入。一，閉門象也。鐘鼎“丣”字皆作，此從一。

古文亥爲豕，與豕同。亥而生子，復從一起。“亥爲豕，與豕同”，此即説字形。“己亥”誤爲“三豕”，因其同也。許君此説尤可見古文一字而數用之也。金刻“亥”字多作。

闕疑

鳥迹茫昧，形體難知，槧本相沿，復多踳誤。姑從許氏闕如之義，而羼入者竄焉。

古文及。未詳。據𩰫鼎“及”作，似與下古文合。曶鼎“及”作，惟周齊侯鎛鐘作，與此同。

古文農。此涉下“䢅”部“𦦖”字誤衍。或有以下字稱“亦古文”爲説者，不知凡古文上增“亦”字者，皆後人校語。嚴氏詳言之矣。

古文叚。叚，借也。闕。按：曶鼎作，則此似“寇”字古文。篆文尚闕，無從説其古文。

古文友。此因上“彗”古文從習誤衍。無專鼎“友”字作。

古文教。《汗簡》“見《説文》。”下有字，云：“一本如此作。”是古本衹一字，是，而非也。下称“亦古文”，嚴氏謂凡“亦”字爲後人增，非此尤是徵也。

古文差。未詳。近人有説此上從中，下從手。古文省者，不可從。

古文鶃。未詳。

古文肰。未詳。段氏謂從二犬，不知所指。《玉篇》作“”，亦有舛誤。

亦古文則。《汗簡》引此云：“《説文》續添。”此書當與《字林》續添同。

古文逌。未詳。

亦古文丹。此涉下“彤”字誤衍。

古文良。未詳。

古文啚如此。未詳。《博古圖》周敔敦“”字釋作“鄙”，與此相似。

古文夏。未詳。

古文𢈈。從山弓。徐鍇曰：“從辰巳之巳。”王氏以爲從弓，並無意義。段氏以爲“户”字之譌，似之。

古文備。未詳。

古文褱。鍇本作，並未詳。

古文馬。古籀同體，二者必有一誤。據季娟鼎“馬”作，似當從段氏改作。諸家私改悉未協。

古文湛。未詳。

古文撥。從止辵。大徐本無此。朱氏謂“此字誤衍”，是也。

古文堇。《汗簡》引此云“出演《説文》”。

古文黄。未詳。嚴氏謂上夊即小變，非也。

古文甲。始于一，見于十，成于木之象。小徐作“始一，見于十，歲成于木之象。”篆體及説解均未詳。

補遺

古文釆。此仍象獸指爪分别之形。桂氏據《尚書》“平章百姓”，鄭本作“辨”，謂此形當作，與“平”相似，故《尚書》誤作“平”。惠氏棟則謂“平章”“平秩”字皆當作。蒙按：此形與篆文“平”相似，“平”字古文又與篆文“釆”相似，故易互誤。究之鄭本作“辨”，並非作“釆”、作“”，何得與“平”字形譌乎？

古文番。徐鍇曰：“象獸掌形。”按：此即省引篆文“田”形，而以“釆”字四畫分列其中。《楚詞·九歌》“芳椒兮成堂”，王注：“，一作播。”漢幽州刺史朱君碑“芳馨”，魏横海將軍吕君碑“遂聲兮方表”，皆借爲播字。此二字補入弟三類“叀”字後。

古文君。象君坐形。“象君坐形”，誤。尹，古文作。，即尹字，與篆文無異。周舛單鼎作。補入弟一類“中”字後。

古文謨，從口。言、口二部相通之字甚多，從口即從言也。

古文信，從言省。小徐作“古文信省也”，并誤。從口與“暮”字一例。此二字補入弟一類“西”字後。

古文䛜。此依小徐本。段氏曰：“臣即口，矩即知也，省白。”大徐作，誤。補入弟三類“畣”字下。

古文鷬。從小徐作。隹、鳥一也，從古文堇聲。補入弟一類“奭”字下。

亦古文叀。近人曰此字從匚。王氏謂之横書者，當是其上體，亦即省。《汗簡》引石經“”字作，可爲，知作中、作卜，無定形也。補入弟三類“”字下。

古文惠，從卉。此非“惠”字，從卉。蕙，當是“叀”字，古文從中、從卉一也。無專鼎“專”字作。“惠”從篆文“叀”，“蘣”從古文“”，亦一也。補入弟一類“奭”字下。

古文玄。省篆文，象幽，非也。無專鼎“玄衣”作。大徐作，古籀口多注點，并無意義。補入弟三類“”字下。

古文𤔔。小徐從，誤。《汗簡》見《尚書》，是“受”字以爲，此因而誤加也。去則與篆文合矣。惟與移置部居耳。補入弟一類“蘣”字下。

古文腆。《玉篇》作“𦠆”，是也。傳寫譌變故從。補入弟一類“死”字後。

古文制如此。《五經文字》曰：“從古‘未’字。”王氏非之。然考《汗簡》引王庶子碑“朱”作，義虞章“制”作“，雖少一畫，而從彡則同，張參之説不爲無徵。補入弟一類“”字下。

古文衡如此。《玉篇》作“奐”，是也。從卣無取義，少行。補入第三類“睿”字下。

古文平如此。《積古齋》琱戈“八寶平餡”，“平”作。下叠八，中畫上出。補入第二類“則”字下。

古文棄，從几。此非從几，省篆文中畫耳。補入三類“亶”下。

古文家。鈕氏树玉曰：“家，當從豙省聲。據漢孔謙碣“祖述家業”。古文不省。”補入第一類“克”字下。

古文保。省人。補入第三類“勹”字下。

古文保，不省。篆文從采省，此不省，與篆合。補入第一類“”字下。

古文卓。與篆文無異。匕之與卜，猶支從卜，而攴從人也。古甲字，此又曳長之。補入第一類“侌”字下。

古文臮。按此字是“衆”字古文，寫書者誤移于“臮”下。上從目，當作。尗即从之古文。《汗簡》引《古孝經》“淑”作，可證此與篆文無異。

古文徵。嚴氏曰：“當作‘㪅’，從壬㪔省。水部‘瀓’，小徐、《韵會》十蒸引作‘㪅聲’，即此古文也。”按：嚴説是也，即是省彳。

古文長。下從兀，上從卜。匕之作卜，與“卓”古文一例，省亡。

古文𦇭。《虞書》曰：“𦇭類于上帝。”篆從篆，古從古，一也。

古文豫。省象。

古文怨。從小徐本作。王氏曰："夕字在上耳，《班馬字類》《韵會》皆引《史記·封禪書》'百姓怨其法'，字作'怨'。由此而譌。"

古文間。從古文月。以"恆"古文從月作𠄨知之。

古文甶。校篆文多一畫，仍象缶中有物。

古文繘，從絲。從絲與從糸同。

古文堇。篆文從土從黄省，此不省與篆文合。

古文鈞，從旬。古匀、旬通用。

古文會如此。嚴氏謂從彳從合，即"迨"之古文。蒙謂會訓合，古文從合作"徻"，亦如賡訓續，而"續"之古文即"賡"也。